포레스트 웨일 공동 작가

소풍 끝에
남은 기억

꿈꾸는 쟁이 | 글그림 | 임만옥 | 강대진 | 경이(kyoungee)
곽지원 | 명랑소녀 | 김미영 | 류광현(광현) | 조현민 | chosungsik
정예은 | 이예주 | 이겸 | 신지은 | 이상현 | 강민지 | 아루하 | 최이서
안세진 | 김감귤 | 일랑일랑 | 엔니 | 뭐란겨 | 솔트(saltloop)
이무늬 | 윤현정 | 사랑의 빛 | 새벽(Dawn) | 김채림(수풀) | 변서연
우연 | 김종이 | 루시아(혜린) | 전갈마녀(조해원) | 윤슬인 | 백현기
아낌 | 문병열 | 주변인 | lilylove | 황서현 | 한민진 | 윤서현 | 신윤호
청석인 | Mayday

FOREST
WHALE

차례

필명	소풍	페이지

너에게로 가는 소풍 길

푸른 하늘에 부는 봄바람 따라
두둥실 떠가는 구름을 따라가다 보면
너에게로 갈 수 있는 소풍 길이 나올까

하늘에서 혼자 고요한 잠을 자고
있는 너의 곁으로 내가 소풍을 떠난다면
나는 이 지긋지긋한 고통 속에서
벗어날 수 있을까

네가 내 꿈속에 나타나 대답 좀 해 주라
네가 잠들어 있는 그곳으로 소풍을 오면
더 이상의 슬픔과 아픔은 없을 거라고

너에게로 가는 소풍 길도 그리
찾긴 어렵지 않을 테니
가혹한 삶 속에서 벗어나고 싶으면
너의 곁으로 소풍을 언제든 와도 된다고

그 한마디만....
내 꿈속에 나타나
해 주면 안 되겠니...

가을 소풍

발끝을 떠난 낙엽이
또 다른 낙엽 위에 내려앉고
가을은 움푹 패인 발자국 안으로 쌓여간다

한쪽 손에 도토리를 쥐고
다른 손으로는 붉은 잎을 만지작거렸다
바스락 소리를 낼 때마다
가을은 몸을 비비고 지나간다

해가 낮아지고 바람이 길어질수록
그림자는 먼저 앞서 걸었다
눈을 맞춘 해가 금빛을 뿌리면
한낮에도 가을은 간판을 접는다

나무는 자기만의 방식으로 가벼워지고
나도 무언가를 내려놓아야 한다
바람이 손을 흔들면
떠나가는 것들을 향한 인사

손끝에 닿은 단풍잎 하나를
김밥처럼 말아 물면 알 수 있다
가을 소풍은 어쩌면
떠나보내는 법을
배우는 중인지도 모른다

소풍 끝에 남은 기억

봄 소풍

풀잎은 햇살을 몇 번이고 접었다 펴며
길을 따라 흔들리고 있었다.
신발을 벗고 젖은 흙을 밟았다
발바닥이 흙냄새를 기억하는 동안
눈앞에선 벚꽃이 쏟아졌다

꽃잎이 아이들의 어깨 위에 내려앉자
작은 날개를 가진 것처럼 보였다
이마 위에 쌓인 햇빛은
벚꽃잎처럼 땀을 매달았고
불어온 바람은 기분을 가볍게 했다

강은 갈 길을 알고 있다는 듯
바람에도 머뭇거리지 않았고

꽃잎은 물결에 기대며
오래된 편지를 띄웠다

손가락에 걸린 잎사귀를 들여다보았다
안쪽에는 새의 발자국이 있었고
길을 따라 꽃잎들이 줄지어 걷는다
내가 걸어야 할 길도
이렇게 바람의 손끝에서 피어날까?

구름이 숨을 불어넣자
바람이 흔들리고
꽃잎은 떠올랐다

기억 한 켤레를 쥐는 동안
봄 한가운데 서 있었다

분홍색 닮은 너

오월의 아침,
햇살이 분홍빛으로 번지는 날.
가슴속 어딘가에서
몽글몽글 설렘이 피어난다.

엄마 손길 닿은 김밥 한 줄,
노랑 단무지 옆에 살짝 스민
분홍빛 소시지 한 조각.
입 안 가득 퍼지는 따뜻한 기억.

바람 끝에 실려 온 웃음의 조각들,
살랑이는 리본 끝,
작은 손으로 꼭 쥐고 있던
보물찾기 하얀 쪽지 한 장.

그날, 나는 바람 한 점에도 웃었지.
햇살도, 하늘도, 마음도
모두 다 분홍빛으로 물들던 날.

지금도 나는
돗자리를 펴면
마음 한편, 분홍빛으로 물든다.

소풍 끝에 남은 기억

노랑 단무지의 추억 한 입

어릴 적 오월이 오면 늘 소풍을 갔다. 학교에서 정한 장소는 언제나 같았지만, 그날만큼은 마치 새로운 세계로 떠나는 것처럼 가슴이 두근거렸다. 설렘을 안고 아침 일찍 일어나면, 부엌에서 분주하게 도시락을 싸는 엄마의 모습이 보였다. 김밥 한 줄에 엄마의 정성이 꾹꾹 눌러 담긴 걸 알았기에, 나는 그 과정을 지켜보는 것만으로도 행복했다.

노란 단무지가 쏙쏙 들어간 꼬마김밥. 작은 손으로 하나씩 집어 입에 넣으면, 짭짤한 김과 고소한 참기름 향이 어우러진 그 맛이 입안 가득 퍼졌다. 엄마가 정성껏 싼 도시락을 친구들과 나누어 먹는 순간이 소풍의 가장 큰 즐거움이었다. 김밥과 함께 삶은 달걀, 사과, 그리고 커다란 물통에 담긴 시원한 보리차까지.

엄마의 사랑이 도시락 속에 가득 담겨 있었음을 이제
와서야 더 깊이 느낀다.

보물찾기는 소풍의 하이라이트였다. 나뭇가지 사이를
헤집으며 흰 종이를 찾으려 이리저리 뛰어다녔다. 운
좋게 '일등상'이라고 적힌 종이를 발견했을 때의 환희
는 아직도 생생하다. 친구들과 함께 환호성을 지르며
기쁨을 나누었지만, 상을 받기 위해선 장기자랑에서
춤을 춰야 한다는 선생님의 말에 얼굴이 빨개졌다. 부
끄러움을 무릅쓰고 엉성한 몸짓으로 춤을 췄던 그 순
간, 친구들의 웃음소리가 배경음악처럼 들려왔다.

소풍날에는 친구들이 서로 준비한 장기자랑을 펼쳤
다. 누군가는 노래를 부르고, 누군가는 개그를 선보
였다. 그 작은 무대에서 친구들은 저마다 빛나는 별
이 되었다. 햇살이 반짝이는 그날, 우리는 모두 행복
했다. 무엇이 그렇게 신이 났을까. 커다란 잔디밭에서
딩굴고, 나무 아래에서 그림자를 쫓아다니며 시간 가
는 줄도 몰랐다.

지금도 호숫가에 돗자리를 펴고 앉으면 그때의 기분이 그대로 떠오른다. 오월의 바람은 여전히 따뜻하고, 어린 시절의 소풍처럼 나를 들뜨게 한다. 삶이란, 어쩌면 끝나지 않는 소풍 같은 것인지도 모르겠다. 소풍처럼 설레고, 소풍처럼 즐겁고, 소풍처럼 사랑이 가득한 날들을 살아가고 싶다. 엄마의 도시락이 주었던 따뜻한 마음처럼, 나도 누군가에게 그런 존재가 되고 싶다. 하루하루가 소풍이기를, 그리고 오늘도 소풍처럼 행복하기를 바라며, 나는 다시 한번 깊은숨을 들이마신다.

기왕이면 재미있게 살아야 하지 않을까? 더 많이 설레고, 더 많이 기대하고, 더 많이 감사하며 살아가자. 소풍의 들뜬 기분을 안고, 새로운 하루를 맞이하는 것처럼 말이다. 때로는 예상치 못한 비가 내려도, 그 또한 소풍의 일부라고 받아들이자. 우산을 펴고 빗속을 걸으며 색다른 추억을 쌓을 수도 있을 테니까.

지금 이 순간도 소풍의 한 장면이다. 눈앞의 풍경을 온전히 즐기고, 사랑하는 사람들과 마음을 나누고, 모든 것에 감사하며 하루를 보내자. 내일이 어떤 모습으로 다가올지는 알 수 없지만, 오늘만큼은 소풍처럼 가볍고 즐겁게 살아가고 싶다. 우리의 삶이 소풍이라면, 끝날 때까지 마음껏 즐기자. 한 걸음 한 걸음, 새로운 풍경을 만나며 설레는 마음으로 살아가기를.

어릴 적 소풍 사진을 보며

어릴 적 소풍 가는 날 잡히면
뭐가 그리 설   던지
손꼽아 기다리던 긴 하루

어떤 옷을 입을지
그날에 날씨는 맑을지
어떤 장기자랑으로 뽐낼지
어떤 과자를 사가지고갈지
용돈은 얼마를 받을지
엄마표 김밥은 어떨지
보물찾기는 찾을지
어떤 장사꾼들이 올지

모든게 설레게 하는 궁금증

줄 서서 떠나는 그 길에서도
쏙닥쏙닥
하하 호호
교실에 갇힌 공간이 아닌
야외에서의 자연의 숨결
숨통이 트이듯
행복이 피어나던
소풍 가는 날

친구들 선생님과 찍었던
오래전 사진 속에서
그날의 설렘 가득
그날의 기억들이
그리움 되어
소풍을 간다

행복한 추억

푸르른 신록 활짝 웃는 꽃들 사이
옹기종기 모여 앉은 해맑은 얼굴들
산새 소리 질세라 재잘재잘 메아리로
하모니를 이루었던 우리들 이야기

두근두근 사랑의 도시락 속에
달콤 짭조름 깨소금 향 솔솔
바로 이 맛이야 눈웃음 지으며
싱글벙글 입에 넣어주던 정겨움

영원히 잊지 못할 그날의 기억이여
구석진 퇴색한 사진첩 속에
너의 웃음도 너의 향기도
추억되어 내 마음에 그대로 남아있다.

'커밍아웃'

"…기차가 터널에 들어가서 컴컴할 때, 한 칸에 타고 있던 OO 선생님한테 달려들어서 막 '인디언 밥'하고 시치미 떼고…"
"…다른 방은 뭐 하고 노나 궁금해서 갔는데, 아 글쎄, OO 선생님이 준비해 온 나이트클럽 조명 켜놓고 춤들을 추고…"

여고 동문회에서 운영하는 유튜브 채널에 초대된 선배가, 고2 때 갔던 경주 수학여행 에피소드를 한 보따리 풀어 놓았다. 거침없고 맛깔난 그녀의 입담 덕분에, 모두 배꼽을 잡고 웃다가 촬영이 끝났다.
하지만 마음 한구석에서는 일말의 불안감이 똬리를 틀고 있었다. '혹시 나한테 수학여행에 대해 물어보면 어쩌지?'라는 생각이 위아래로 요동을 쳤다. 겉으로는 웃고 있었지만, 속은 조마조마….

내가 경주를 처음 간 건 고2 때가 아니다. 신혼여행 코스를 제주도와 경주로 잡았다. 결혼한 지 두 달 만에 남편이 석사과정을 밟을 미국으로 함께 갈 예정이라서, 비록 국내 여행이지만 길게 다녀왔다. 둘 다 백수여서 시간에 구애받지 않는 것도 한몫했다. 대학 졸업여행을 제주도로 갔던 나, 제주도를 안 가본 남편. 그렇게 우리는 제주와 경주, 각자 처음인 곳을 하나씩 신혼여행지로 남겼다.

수학여행을 앞두고 마음이 시끄러웠다. 아빠의 부도는 내가 고3이 되자마자 났지만, 불길한 징후는 이미 1년 전부터 있었다. 집에 돈의 씨가 마르고 있다는 건, 누가 봐도 알 수 있었다. 얼마인지 기억은 안 나지만, 여행 비용을 엄마에게 달라고 하기가 망설여질 정도였으니…. 그렇게 며칠을 혼자 끙끙 앓다가 내린 결론은, '수학여행을 가지 말자'였다.
학교와 친구들에게 알린 공식적인 이유는, '코앞에 닥친 문예 창작대회에 낼 소설을 퇴고할 시간이 부족해서'였다. 일말의 자존심이었다. 그 대회에서 내 소설이 당선되었길래 망정이지, 망신살이 뻗칠 뻔했다. 평생 한 번인 수학여행까지 포기하고 쓴 소설이라는 소문이 파다했으니 말이다.

2학년 교실이 텅 비어 있는 며칠 동안, 나 같은 학생들은 무조건 학교 도서관으로 등하교를 해야 했다. 첫날 생각보다 많은 인원이 모여 놀랐다. 우리들 사이에 유일한 공통점이라면 서로 말을 안 걸고, 섬처럼 뚝뚝 떨어져 자기 일에만 집중했다는 거…. 돌이켜 보면, 주머니 사정 외에 무슨 큰 사연이 있었을까 싶다.

소풍의 꽃, 고2 수학여행. 동창들을 만날 때 가끔씩 소환될 수밖에 없는 대화 소재다. 고3 때 친구들만 만나니까, 다들 내가 경주에 안 간 걸 모르는 눈치다. 그중 2학년 때도 같은 반인 친구가 있더라도, 나를 배려해서 아무 말도 안 하는 거겠지.

'경주', '수학여행'이라는 단어만 나오면, 꿀 먹은 벙어리가 될 수밖에 없는 나. 이제야 '커밍아웃'한다.

응답하라, 1981 -크로키북을 든 그녀-

중학교 때 단골 소풍 장소는 선정릉이었다. 그때는 '왜 맨날 여기야?'하고 불평불만이 많았는데, 선정릉이 얼마나 근사한 공원인지 전혀 모르던 철부지였다.

어른이 된 후 가끔 선정릉을 갈 때마다 떠오르는 얼굴이 있다. 바람결에 찰랑이는 칼 단발에 반쯤 가린, 우수가 깃든 얼굴과 가녀린 몸을 나무에 기대고 작은 크로키북에 뭔가를 열심히 그리던 선생님. 우리 중2 소녀들보다 불과 10살이나 많았을까? 대학을 갓 졸업하고 부임한 담임 선생님의 모습이다.

남자 선생님이 같은 넥타이를 이틀 동안 매고 와도 뒷담화하던 예민한 소녀들 눈에, 우리 담임의 '꾸안꾸' 패션은 늘 화제였다. 매일 바뀌는 찰랑찰랑 스커트에 블라우스 차림은, 검은색 교복 안에 갇힌 사춘기 소녀에게는 참 아름다워 보였고, 부러웠다. 불과 2년 후에는 우리도 사복을 입고 고등학교를 다니게 될 줄 상상도 못한 채….

그런 그녀가 소풍 날 청바지에 티셔츠를 입고 크로키 북을 들고 나타났을 때, 많은 소녀 팬들이 탄성을 질렀다. 그녀가 그림을 그린다는 것도, 의외로 청바지가 잘 어울린다는 것도, 모두 멋있어 보였다.

둘째 딸아이가 2학년 때 전학 간 중학교의 홈페이지에서 그 선생님의 이름을 발견했을때, 목덜미의 잔털이 일제히 일어섰다. 흔하지 않은 이름에 같은 국어과. 틀림없었다.

이 무심한 제자는 졸업 이후 학교나 담임 선생님을 한 번도 찾아간 적이 없다. 너무 오랜 세월이 흘렀다. 그렇게 마주한 선생님의 이름을 보고, 얼마나 망설였을까. 81년에 서초중학교에 계셨던 김OO 선생님 아니시냐고, 짧게 사연을 남겼다. 나중에 들으니, 홈페이지를 담당하는 교사가 내가 쓴 글을 보고 한밤중에 선생님에게 연락을 했다고 한다.

"선생님! 옛날 제자가 학부모가 돼서 나타났어요!"

오랜 세월이 흘렀지만, 선생님은 여전히 아름다웠다. 깡마른 체형에 쌍꺼풀이 또렷한 눈매와 두툼한 입술, 그리고 각진 턱이 묘한 분위기를 풍기던 그녀. '같이 늙어가는 처지'라는 말이 확 와닿으며, 아름답게 나이 들어가는 선생님이 자랑스러웠다.

우리의 사제 관계는 단박에 화제가 되었다. 물론 전학생인 딸아이는 뜻밖의 관심을 달가워하지 않았지만…. 스승의 날에는 선생님께 꽃다발을 보내 드리며, 29년이나 늦은 감사의 마음을 전했다.

"지원아, 너 그때 그 남자애 기억하니?"
선생님이 조심스럽게 물어보셨다. 이름은 안 나왔지만, 나는 금세 알아들었다. 그 남자애의 담임이 지금은 강남의 한 고등학교 교장선생님이라는 얘기를 하신 직후였다.
"아… 그럼요, 어떻게 잊겠어요."
나는 민망함을 감추기 위해 작게 웃었다.
"나도 초보 교사라서 처음에는 참 당황했지. 돌이켜 보면, 그때 일로 내가 많이 단련된 거 같아."
"하하하, 그렇게 좋게 기억해 주시니 다행이에요."

"혹시… 다시 만난 적 있어?"

정직하게 답해야 할지, 아니면 순간을 빨리 모면하기 위해 하얀 거짓말을 해야 할지 망설였다. '진실게임'에서 '진실'을 말하기 싫을 때, 차라리 술 마시는 쪽을 택하는 사람의 심리가 이해되는 순간이었다.

나의 중학교 2학년 시절을 말할 때 담임 선생님과 함께 빼놓을 수 없는 기억, '꽃을 준 남자'.

응답하라, 1981.

즐거운 소풍

어릴 때 자주 갔던 소풍
소풍 가기 전날 떨리다 하는데 새벽에 어머니가 천천
히 주시하면서 깨우니 오늘 소풍가니 준비하고 아침
은 김밥 남은 거 먹고 용돈을 주면서 소풍 가는 날이
행복하였다.

점심시간에 모여 앉자 친구들과 이야기하면서 나눠
먹고 하는데 어머니가 큰손이라 양이 많아 걱정했지
만 친구들 선생님과 함께한 소풍이 소중하게 되었다

1. 김미영

한 여름날의 소풍

여름이 오면 마음이 들떠
여행 가방을 싸놓고
준비할 옷도 사지...
예쁜 밀짚모자를 쓴 모습으로
어디론가 훌쩍 떠나는 상상으로
눈에 잘 들어오는 옷걸이에
옷과 모자를 장식해 두는 이유기도 해.
바다가 좋을까? 산이 좋을까?
행복한 고민에 푹 빠져있다가도
여름밤 잠을 깨우는
고온 속 공기들 사이에서
귓가를 맴도는 따끔한 간지럼들로
한 여름날의 불청객 모기들 흔적이
여름날의 소풍을 다시 생각하게도 해.

그렇게 즐거운 여행을 상상하면서도...
불편한 이유들이 늘어간다면
가고 싶던 들뜬 마음에서도
조금 덜하게 되는 거니까
그런 마음은 접어두면 좋겠어.
철썩이는 파도 소리와
짭조름한 바다내음과
찌르르 울리는 풀벌레 소리에
시원하게 불어오는 바람만
생각해 보는 거야...
가끔은 아무 이유 없이
가슴속까지 시원한 기분만 찾아
잠시 쉬어도 괜찮다고 말해주고 싶었어.
힘들었던 날들을 훌훌 날려 보내고
내일 다시 힘차게 시작할 수도 있게.
그러니까 우리 소풍 좀 가자!

2. 김미영

봄소풍

봄이 오면 설렌 마음
꽁꽁 싸둔 가방 안에
뛰는 가슴 감추고
잠을 설친다.

봄 향기가 들춘 마음
신바람 난 노래되고
약속인 듯 모두가
김밥 펼친다.

알록달록 봄꽃 닮은
널브러진 김밥 속에
추억을 담고

잔디마다 웃음꽃이
비어 가는 가방 속에
우정 담는다.

네가 오면 따라가는 소풍일 테지.
내가 가면 따라오는 추억일 테지.

봄이 가면 돌린 마음
사진첩에 그리움을
주워 담는다.

지금 가도 다시 오면 가방을 싼다.
봄바람에 콧노래를 잔뜩 담고서.

고백소풍

우리 사랑에 사랑을 더해주고
날씨가 좋은 날 달콤함을 뺀 담백한 사랑으로
나랑 소풍 가지 않을래?
햇살 같은 너에게 달콤함이 다 녹아 버리니깐

대충 입고 나와 그래도 넌 이쁘니까
기다림에 너의 손을 잡고 조심스레
너에게 하고 싶은 예쁜 말들 잔뜩 가지고 왔어

내 마음을 따뜻하게 해주는 너의 매력에
내 마음 담긴 마음 쿠키와 설렘 가득한 주스
두근두근 젤리와 달콤 행복 코코아

꿀 떨어지는 눈빛 꿀물과 함께
웃음이 넘치는 미소 맛 아이스크림
혼자만 받을 수 있는 마음 커피에
아무도 들을 수 없는 고백 케이크도 준비했어

나무 그늘 아래서 휴식 같은 음악을 들으며
서로 마주 보면서 여유와 낭만의 젊음을 느껴볼래?

아름다운 것을 사랑하는 마음으로
오늘의 사랑을 이야기 나누며
삶에 쏟아지는 눈 부신 햇살 같은
사랑을 나누며 행복한 시간을 보내자

작은 탈출구

가끔은 도시의 소음과 반복되는 하루에서 살짝 벗어나고 싶어진다. 그럴 때 소풍은 마치 나를 위한 작은 탈출구 같다.

햇살은 부드럽고 바람은 말없이 등을 토닥인다. 도시락 가방 속에서 김밥이 살짝 따뜻한 온기를 내뿜고 풀잎 위엔 지난밤 이슬이 반짝인다. 멀리서 아이들이 웃는 소리가 들리고 나뭇잎은 느리게 흔들리며 오늘 하루가 특별하다는 걸 알려준다.

돗자리에 누워 하늘을 본다. 하늘은 언제나 그대로인데 오늘은 괜히 더 넓고 평화롭게 느껴진다. 아무 말도 하지 않아도 좋은 사람들과 함께 있는 시간 그 사이사이 고요하게 피어나는 웃음들 소풍은 길지 않다. 다시 일상으로 돌아와야 하니까 하지만 그 짧은 순간이 마음에 오래 남는다. 마치 따뜻한 봄볕 아래서 잠

시 쉬어간 기억처럼 그래서 우리는 또 소풍을 그리워
하게 된다.

.

소풍

봄이
오면은 그래.
또
가을이 와도 그렇고.
티 없이
맑은 하늘
흰 구름 한 점 없는 날
떠난
소풍 길을 떠올리면
자연스레
머리
속에 맴도는
어린 시절
수 많은 기억들에

모두 다
그립기만 한 가슴 속 아련함은
나를 또다시
그때
그 시절로
다시 되돌아간 듯,
작고
순수한 어린아이처럼
마음은
자꾸
왜 이리
설레어 오는가를...

소풍길

민들레 홀씨
휘휘
바람에 휘날리는
맑디맑은
파란 하늘 아래
흰 구름
휘휘
불어오는 바람에
커다란 구멍이
뚫리듯 하얀 솜사탕처럼
비누 향
꽃향기 가득
물방울 비눗방울
크고

작은 방울 방울이 모여

알록달록

오색 빛깔 커다란 꽃 방울 되어

꽃방울 안에

순수함 가득

동심을 찾아 떠나듯

착한

마음 듬뿍 담아보아요

꽃봉오리 속에

고운 마음 한가득 담아

새가 날아올라

두리둥실

뭉게구름 피어난

파란

하늘 위로 비행기가 날고

영롱한 비눗방울

높고 높은

파란 하늘 위로

높이 아주 높이 날아오르니

까르르
맑은 어린아이
순수함
머금은 초롱초롱
두 눈동자
예쁜 얼굴 한가득
맑은 샘물처럼
해맑은 웃음꽃 피어오르네

할머니의 봄 마중

작은 창가에 걸터앉아 노래를 부르며
아침을 깨워주는 산새 소리에
할머니의 굽은 등이 기지개를 켠다

개나리 꽃가지에 양말을 걸치었던
손녀의 장난기에 볼우물이 패이시고
맑고 푸른 깊은 호수 같은 마음으로 서서

물고기처럼 마음껏 노닐다 가라 하신다
어린 가지 기르시던 손끝에
가시넝쿨이 무성하고

봄의 문고리를 몇 번이나 당길 수 있을까
마음 졸이며 할머니의 두 손에 꽃비 가득 담아 드리며
봄 마중 길 나선다.

봄 마중

봄을 기다리는 나무 한 그루 가 봄 마중 나와 있네
나뭇잎 하나 없는 앙상한 나무가 너무 추워 보여서
지나다 발걸음을 멈추고 한참을 바라보다가

발길을 돌렸다
어서 따뜻한 봄이 와서 앙상한 나무에
새싹을 틔우길 바래 본다

손잡고 걸을까

처음으로 손잡고 걷자는 말을 듣고
심장이 터져버리는 줄 알았어.
그렇게 서로의 눈도 제대로 보지 못한 채 처음을 맞
았어.

그 후론 자연스러운 일이 되었지,
손을 놓으면 큰일이 날 것처럼 꼭 잡고 다녔었잖아.

겨울엔 춥다는 핑계로
손깍지 꼭 끼고 주머니에 넣어주던 손길도

여름엔 땀이 나면 잡고 다녔던
서로의 작은 새끼손가락도

봄과 가을엔 날이 너무 좋다며
서로의 재킷에 넣고 다녔던 손도

흐릿해진 기억 속,
너의 손길을 생각만 해도 마음이 간질간질해

그 후론 다시는 그런 기분을 느낄 수가 없었어.
참 이상하지?

너와 했던 일들을 해도, 너와 함께 갔던 장소들을 가도
옆에 있는 사람에겐 미안했지만, 네 생각만 나더라.

그 이후로는 너와 갔던 장소들을 피해 다녔어.

근데도 자꾸 너랑 같이 오면 좋겠다,
좋아하는 음식이겠다, 이런 분위기 참 좋아하는데
이런 생각들이 머릿속을 가득 메워서
결국 그 사람과 헤어졌어.

언제까지 널 생각해야 할까,
그냥 흐릿해지는 것밖에는 방법이 없을까?

생각이 꼬리를 무는 밤들에 잠 못 이룰 때가 참 많았어.

이제는 잠도 잘 자고,
모든 걸 너와 연관 짓지도 않고,
어딜 가도 네 생각을 꼭 하지는 않아
딱, 그만큼 희미해졌어.

고마워, 내 청춘을, 사랑을, 잃는 법을 알려줘서
잘 지내, 너만큼은 꼭.

생애 가장 행복한 설렘

1992년 초등학교 3학년 늦더위가 아직 가지 않았던 9월, 난 입학하고 처음 가을 소풍을 갔다. 1, 2학년 때는 따돌림으로 인해 교실에서 겪어오던 혼자 있는 외로움과 혼자 도시락 먹을 때의 고독감을 소풍에서까지 알고 싶지 않았다. 소풍날이 다가오면 선생님께 "저... 배탈이 나서 소풍 못 갈 것 같아요."라는 말을 핑계로 삼았다. 3학년이 되고 단짝과 함께 가는 가을 소풍은 설레었다. 함께 있어 줄 친구가 있다는 사실이 커다란 느티나무와 함께 있는 것처럼 든든했다. 혜인이는 평소에도 엷은 분홍색에 하얀 카라가 달려있고 적당히 무릎까지 내려오는 길이의 원피스를 좋아했고 자주 입었다. 소풍날은 설레는 마음도 표현하고 싶었는지 하늘색 꽃무늬 원피스에 머리카락은 긴 생머리를 단정하게 위로 올려 묶고 앞머리는 동그랗게 잘 말아서 앞으로 내린 모습이었다. 얼굴도 귀여운 스타일이라 웃는 모습이 예쁜 아이였다. 나에겐 단짝 친구와 함께 가는 첫 소풍이다.

이번에는 친구와 함께 가는 소풍이라 날개라도 단 것처럼 마음도 기뻤다. 엄마가 싸주신 김밥과 가게에서 혜인이랑 같이 마실 음료수 2개와 과자를 챙겨서 학교로 향했다. 교실에 들어가자마자 느껴지는 반 아이들의 들뜬 목소리에 덩달아 기분이 좋아졌다. 혜인이는 내 얼굴을 보자마자 손을 마구 흔들어대는 모습에 웃음이 났다. 우린 둘 다 꽃무늬 원피스를 입어서 서로 통했다며 깔깔거렸다. 난 처음 가는 소풍이 신나서 예쁘게 입고 가고 싶은 마음이 커서 내심 예쁘게 입고 가고 싶어서 노란색 작은 꽃이 있는 원피스를 입었는데 혜인이는 하늘색에 작은 꽃무늬 원피스라 서로 색깔만 다른 것이 신기했다. 둘 다 평소에 좋아하는 옷과는 스타일도 색깔도 다른 원피스를 입었다. 소풍은 인근 계곡으로 갔는데 더위가 가기 전이라 그런지 물이 시원했다. 얕은 계곡물에 발을 담그고 있기 좋은 날씨였다.

반 친구끼리 모여서 보물찾기, 장기자랑, 수건돌리기
를 하며 재밌는 시간을 보냈다. 난 다른 건 몰라도 보
물찾기만큼은 되게 열심히 찾았다. 선물이 쓰인 하얀
종이를 찾으면 되는 거였는데 내가 10개 중에서 3개
로 제일 많이 찾은 게 내심 흐뭇하더라. 그제야 비로
소 그 나이에 맞는 천진난만한 웃음과 친구들과 어울
려 노는 즐거움을 만끽했다. 점심시간이 되니 시원하
게 불어오는 바람이 편안하게 느껴졌다. 친구들 모두
각자 싸 온 김밥을 펼쳐놓고 음료수와 과자를 꺼낸다.
자신이 싸 온 김밥은 놔두고 굳이 상대방 김밥을 눈
독 들이며 서로 뺏어 먹었다. 어느 때보다도 꿀맛 같
더라. 음료수는 계곡에 도착하자마자 돌멩이로 계곡
물을 가둬놓고 안에다 음료수를 넣어뒀다가 가져와
서 마시니 엄청 시원했다. 자유 시간에는 혜인이와 같
이 적당히 높은 바위를 찾아 올라가서 그림을 그렸는
데 둘 다 그림 실력은 꽝이라서 서로의 그림을 보고
못 그렸다고 깔깔 웃었다. 학교에 입학하고 3학년이
돼서야 가본 소풍은 시간 가는 줄도 몰랐다.

말 더듬는 게 완전히 개선되지 않았는데 노래도 열심히 따라 불렀다. 생애 처음으로 불러본 노래는 어설프고 박자도 안 맞았다. 옆에서 혜인이가 손뼉 치며 박자를 맞춰주지 않았다면 박자도 못 맞추고 엉망이 되었을 거다. 소풍을 가서도 나를 챙기려는 혜인이의 그 모습이 내 눈에는 천사처럼 보였다. 학교로 돌아오는 버스 안, 누가 먼저라 할 것도 없이 잠이 들었는데 깨어보니 학교에 도착한 상태였다. 정말 달게 잠이 든 건 오랜만이었다. 담임 선생님 지도에 따라 각자 흩어져 집에 돌아가는 길, 가을이 다가오고 있음을 알리는 고추잠자리가 한두 마리씩 드문드문 보였다. 가을 소풍을 즐겁게 보낸 적이 처음이라서 그날은 잠들기 전까지 내내 심장 소리가 시끄럽게 울렸다.

소풍을 다녀온 다음 날, 학교 다니면서 매일 고개를 푹 떨구고 뭉그적거리며 가던 길을 즐겁게 가는 내 모습에 엄마도 흐뭇해하셨다. 웃으면서 나가는 내 얼굴을 보며 슬쩍 미소를 지으셨다. 학교 가기 싫어서 늦장만 부리던 딸이 빨리 가려고 안달하니 신기해하셨다. 학교에 들어가니 혜인이는 벌써 와있었다. 서로 손을 번쩍 들고 흔들며 얼굴에 웃음이 번진다. 소풍을 다녀온 후로 우린 더 찰싹 붙어서 친해졌다. 말 더듬는 것도 처음보다 많이 좋아졌다고 선생님들께 칭찬을 받았다.

혜인이가 많이 도와주고 격려해 준 덕분이다. 가을 단풍이 어느 정도 알록달록 빛을 발하는 시기 9월 초중반이 되니 고추잠자리도 많이 보이고 운동장에 나무들도 서서히 알록달록 옷을 갈아입었다. 수업이 끝나고 혜인이와 함께 운동장 은행나무 밑에 가니 노란 은행잎이 제법 떨어져 있었다. 바닥에 떨어진 붉게 물든 단풍잎과 노란 은행잎 중에 예쁘고 잘 물든 두 장을 골라 서로 국어책에다 꽂았다. 예쁘게 잘 마르길 바라며 같이 집으로 향하는 길 혜인이는 여전히 좋알좋알 열심히 떠든다. 듣고 있으면 시간 가는 줄 모를 만큼 듣고 있게 된다.

어느샌가 도착한 우리 집 구멍가게 앞, "벌써 2학기다 그렇지?" 그 말이 조금 아쉽게 들려서 그런지 잠깐의 침묵이 흐르고 서로의 집으로 향했다. 다가오는 앞

으로의 시간도 분명 즐거운 생활이 될 거라고 웃으며
헤어졌다. 초등학교에 다니면서 그해 가을 소풍은 내
생에 제일 기분 좋은 울림으로 마음속에 남았다.

눈부신 미소

들뜬 마음으로 기다리던
출발하기 전의 설레던 순간이
가장 즐거웠던 순간이 아니었을까

지저귀며 지나가던 새들이
즐겁다며 노래하지만
막상 도착한 그 장소는
원하던 곳과는 다른 곳이었기에
결국 기대가 실망으로 바뀌기도 하지만
함께 걸으며 보내는 그 시간들이
그래도 너무 소중하기에
눈부신 미소를 볼 수 있는 것 하나로
오래 기억에 남는 것인지 모른다.

그토록 맛있었던 도시락

나의 첫 어린이집 소풍에
아침 댓바람부터 분주한 우리 엄마
이번엔 유부초밥 이번엔 김밥 하며 잔뜩 기대한 나
가만히 있어도 뽀짝 해

가만히 있어도 할머니들 관심을 한 몸에 봤던
어린 나와 유치원 친구들
삑삑이 소리가 사방에 울려 퍼지던 그때 그 시절
엄마가 정성스레 싸준 도시락을 지키려 가방을 앞에
맸지

방방 뛰고 엉엉 울고 빙그레 웃던 그때 그 시절
점심시간에 자랑하려 옆 친구에게 이거 봐 이거 봐
정성스레 만든 도시락으로 맛있게 먹던 그때 그 시절

엄마의 정성이 담긴 도시락 때문에 소풍이 행복했어

아기들이 웃는다. 소풍 뗌에
아기들이 웃는다. 도시락 뗌에
아이들이 웃는다. 봄날의 날씨 뗌에

행복한 나의 첫 어린이집 소풍이었다.

소풍날, 아침 풍경

미영은 해도 뜨지 않은 새벽 4시에 일어나 세수부터 했다. 밀려오는 잠을 뿌리치고 그녀가 향한 곳은 부엌이었다. 전날 미리 썰어둔 재료를 꺼내놓고, 빠진 것은 없는지 둘러보았다. 햄, 맛살, 어묵, 시금치, 당근, 계란물 괜히 소리까지 내며 읊었다. 냉동 코너에 항상 있는 김을 꺼내다가 밥통을 확인했다. 다행히 2시간 전에 완료 예약만 밥은 알맞게 꼬들거렸다. 프라이팬에 식용유를 아주 조금만 뿌리고, 잠시 적당할 때를 기다렸다. 그 사이 계란물을 젓가락을 휘휘 적으며 밤사이 바닥에 가라앉아버린 소금을 녹였다. 드디어 예열을 마친 프라이팬 위로 계란물을 착 뿌리자 '칙' 소리와 함께 빠르게 익어갔다. 중간중간 끄트머리를 들어 올리며 익은 정도를 파악하다 적당한 상태가 되었을 때 뒤집었다. 가끔 두 동강이 날 때가 있었는데, 오늘은 다행히 예쁘게 뒤집어졌다. 기분 좋게 불을 끄고, 잔열로 익을 달걀지단을 기대하며 밥을 꺼내 볼로 옮겨 담았다. 아직은 뜨거운 밥에 참기름과 소금을 '휘' 둘러 섞어 잠시 두었다.

약간 식은 달걀지단은 도마로 옮기고, 야채를 하나, 둘 볶았다. 약간의 소금, 적당한 식용유 다른 건 필요 없는 간단한 요리가 시작되었다. 아직은 연기가 모락모락 피어오르는 재료를 넓은 쟁반에 순서대로 옮겨 담고, 마지막으로 단무지를 꺼내 담긴 물을 뺐다. 최대한 물기가 남지 않도록 꾹꾹 눌러 다른 재료와 섞이지 않도록 한곳에 두었다. 이제부터는 김부터 밥, 단무지, 햄 등 재료들을 넣어 돌돌 말기만 하면 된다. 얼마나 많이 만들었는지 처음엔 뚱뚱하고, 터지던 것이 이제는 김밥말이 없어도 적당한 크기로 예쁘게 말렸다. 김밥이 네다섯 개가 모이면 두 아이가 문을 열고 미영을 부른다.

"엄마! 괜찮아?"

"뭐가?"

첫째 민서는 나오자마자 미영을 부르더니 창밖을 쳐다봤다. 어제 흐린 날씨 탓에 밤새도록 비가 올까 봐 하늘을 보고 또 보았더랬다. 다행히 화창하게 맑아진 하늘이 마음에 들었는지 믿지도 않는 하나님께 감사 기도를 했다.

"엄마, 나 김밥 하나만 먹으면 안 돼?"

둘째 민재가 입을 쩍 벌리고 앉아 김밥을 가리켰다. 오늘 김밥 첫 개시는 아무래도 둘째가 될 모양이었다. 막 한 줄을 자르고, 민재 입에 넣어주려고 할 때 커다란 손이 김밥을 전부 집어 들었다. 남편이 언제 나온 건지 민재를 놀리며 말했다.

"이거 맛있는데, 아빠가 다 먹어야지."

빈말이 아니라는 듯이 잘라놓은 김밥을 양손에 쥐고 한 손에 든 김밥을 모두 입안으로 밀어 넣었다. 이제 겨우 5살밖에 안 된 아들을 놀리는 남편은 진심이었다. 둘째의 울음소리에 씻으러 들어간 민아가 나와 아빠를 나무라기 시작했다.

"아빠가 그러면 안 되지. 오늘 김밥은 우리 때문인데, 당연히 우리가 먼저 먹어봐야 하는 거 아니야?"

첫째의 잔소리가 시작되려는 찰나 남편이 슬그머니 방 안으로 들어가더니 혀만 쏙 내밀고는 문을 닫았다. 하고 싶은 말이 더 있는데, 못한 게 아쉬운지 민서는 씩씩거리며 방을 쳐다봤다. 7살이 되더니 야무진 입으로 곧잘 장난기 가득한 아빠가 못마땅한 민서였다. 민서는 오늘도 바람 잘난 없는 집이라며 어른처럼 혀를 쯧쯧거렸다. 조그마한 게 어른 흉내를 내는 게 귀여웠지만, 어른에게 혀를 찼다는 건 아닌 것 같아 주의를 주었다. 또 잘못은 바로 수긍하는 똑 부러진 딸이다.

"엄마, 나는 김밥에 김치 넣어주면 안 돼?"

요즘 김치에 푹 빠진 민아의 말에 난감한 표정으로 고개를 저었다.

"어제 말해주지. 지금은 안돼. 갔다 오면 엄마가 남은 재료로 만들어줄게."

그저 김치만 추가하면 될 거라고 생각하지만 오산이다. 김치를 김밥 재료를 쓰기 위해선 일단 물기 제거부터 시작해야 한다. 그리고 그대로 넣어달라는 말이 아니다. 민아는 볶음김치를 좋아했다. 그래서 양념하고, 볶고 또 식히는 과정을 거쳐야 한다. 민아에게 그 과정을 말해주자 그제야 고개를 끄덕이며 수긍했다. 아이가 커 가면서 설명은 선택이 아니라 필수가 되어가는 것 같다.

"엄마, 나는 햄, 햄이랑 계란만 넣어줘. 야채는 싫어."

"그건 해줄 수 있어. 그런데 야채 넣은 김밥도 먹어야 해. 먹는다고 약속하면 만들어 줄게."

5살 민재에게 아주 큰 고민인 듯이 잠시 정적이 흘렀다. 재료를 만들다 부러진 햄 조각과 시금치 조금을 집어 민재 입에 쏙 넣어주었다. 민재는 오물오물 맛을 음미하고 있는 것처럼 눈을 감더니 꿀꺽 삼키며 말했다.

"응. 생각보다 맛있는데!"

진짜 입맛에 맞았는지 시금치만 한 줄 골라 입에 넣고는 미리 꺼내 놓은 유치원 원복을 입기 위해 자리에 앉았다. 순간 세수는 했던가? 의문이었지만 지금은 김밥이 우선이었다. 민재가 옷 입는 것을 본 민서는 굳이 동생 옆에서 같이 옷을 입었다. 옷 입는 중간 중간 민재가 제대로 옷을 입고 있는지 힐끔 보면서 잘못 입으려고 할 때마다 고쳐주는 모습이 제법 누나다웠다. 옷을 다 입고, 혼자 머리 묶기는 힘들었는지 대충 빗고는 오늘 사용할 고무줄을 가지고 식탁으로 와서 앉았다.

"엄마, 오늘 간식은 뭐야?"

"방울토마토하고 키위랑 바나나."

"과자는?"

"초코송이랑 수박 젤리랑 죠스바 젤리."

짧은 면담이 지나고, 도시락을 싸기 위해 서둘렀다. 오늘은 곰돌이 도시락이 민아 차지가 되었다. 원래는 토끼 도시락이 민아 거였지만, 얼마 전 동물 체험에서 토끼를 본 후 굳이 오늘은 민재가 토끼 도시락을 가지고 가겠다고 고집을 부려서 민아가 특별히 양보했다. 유치원에 가져가기 위해서는 껍질째 먹을 수 있거나 껍질을 벗겨서 가져가야 했다. 그래서 선택한 과일들을 차곡차곡 넣어둔 다음, 역시 비닐을 벗긴 과자와 젤리를 두 아이의 도시락에 나눠 담았다. 젤리가 생각보다 적어서 미영이 먹고 싶어 산 포도 젤리까지 넣어 빈 곳을 채웠다. 남은 칸은 아이들 입 크기를 고려한 작은 김밥을 가지런히 놓은 다음 물었다.

"김밥 꽁다리 가져갈 사람?"

유독 김밥 꽁다리를 좋아했기에 꼭 물어봐야 했다. 저번에는 꽁다리가 없었다고 민아가 아쉬웠다고 다음엔 넣어달라고 미리 말했지만, 기억력이 그리 길지 않은 아이들이라 다시 물어보는 것이다. 민재는 고민도 없이 넣어달라고 했지만, 정작 넣어달라고 했던 민아가 고민한다.

"엄마, 나는 한 개만."

"그래. 알았어."

미영은 질문하기를 좋아했다. 항상 아이들에게 의사를 물었다. 과자도 직접 고르게 했고, 유치원을 선택할 때도 마찬가지였다. 그렇게 부모의 영역과 아이들이 직접 해야 하는 영역을 조금씩 넓혀가는 중이다.

"여보, 내 것도 있어?"

"당연하지. 여기."

오늘은 남편도 특별히 도시락을 챙겨주었다. 미영의 김밥은 특별하지는 않았지만, 맛있다고 소문이 자자했다. 처음엔 양 조절 실패로 가져간 김밥 도시락이었지만, 지금은 남편조차 소풍을 기다릴 정도로 미영의 김밥은 인기가 많았다.

아이들 가방을 열고 도시락을 넣고, 물과 음료수를 챙겼다. 음료수에도 각자의 이름표를 붙인 다음 미리 은박 마개는 제거한 후 다시 뚜껑을 달아두었다. 이제부터 남편의 몫이다. 아빠의 양손은 이미 두 아이가 한 손씩 잡고 있었다.

"다녀올게."

"다녀오겠습니다."

현관문을 열고 월요일부터 금요일까지 휴일을 제외한 매일 한결같은 인사에 웃음이 나왔다. 남편과 가볍게 하는 키스에 민재가 눈을 가렸다. 반면 민아는 '또 한다'며 입을 삐죽 내밀었다. 살짝 고개를 숙여 민아의 뺨에 뽀뽀하며 '잘 다녀와. 딸"이라는 말에 괜히 좋으면서 삐져나오는 미소를 감춘다고 어색한 미소가 생겼다. 반면 민재는 제 순서가 되었다며 미영을 재촉했다. 한껏 나온 입술에 '쪽' 소리 나게 뽀뽀하고, 미영과 포옹까지 마친 민재가 이제는 아빠를 재촉했다. 막 일어서려는 미영의 귀에 남편의 달콤한 속삭임이 들려온다.

"사랑해. 갔다 올게."

늘 같은 레파토리, 같은 인사, 같은 속삭임이지만 행복하기만 했다. 가끔 싸워서 밉기는 하지만, 여전히 사랑하는 남편과 7살 어른이 민아, 마냥 어려 보이는 귀염둥이 민재까지 오늘의 평화가 참 좋다. 따뜻한 봄날씨, 두 아이의 소풍도 별 탈 없이 무사히 끝나길 바란다.

소풍의 하루

푸른 하늘
나뭇잎 사이 햇살 쏟아지고
바람이 속삭이는 나무 그늘 아래

다정한 눈빛으로
내 머리를 쓰다듬는 네가 좋아

햇살 따라 마음 담고
스치는 바람에 눈길 담아

붉게 물드는 노을 내려올 때까지
하루의 기억은
눈부신 오늘이 되고

아름다운
꽃향기 가득한 계절
서로를 바라보는
우리의 행복이 따뜻해서 좋아

웃고 있는 너를
아끼고 싶은 너를
사랑하는 마음 짙어가는
소풍의 하루에서
내 전부인 너에 머물러 본다

인생의 향기

인생 산책길
수많은 사람들의 발자국에서
삶을 배우며 행복을 알아 갑니다

앞선 발자국은
나를 계속 걸을 수 있게 해주고

서로의 마주 잡은 손은
마음 나누며 함께 밝히는 불빛으로
인생길 더 빛나고

문득 뒤돌면 함께 걸어주는 사랑이
내 한숨에 잔뜩 구름 드리운 날도
내 눈물에 비 내리는 날도

내 상처 난 몸 데워주고

끝없는 여정
그 무엇으로 만나 피어난 꽃들은
희망의 향기로 사랑과 웃음으로
가득 채우는
우리의 이야기가 흐르는
소풍 같은 날들

소풍 같은 인생의 향기

소풍의 노래

설렘으로 물든 전날 밤
창문 너머 별빛 세어가며
내일의 풍경을 그려보는
아이의 눈동자는 잠들지 않네
햇살 쏟아지는 아침이 오면
새 옷을 꺼내 입고
엄마의 손길로 차려진 도시락을
등에 메고 학교로 향하네
교문 앞에서 마주치는 친구들
평소와 다른 옷차림, 들뜬 얼굴들
오늘은 공책 대신 웃음을
가방 가득 담아왔네
선생님의 구령 소리에 맞춰
두 줄로 서서 걸어가는 길

봄바람은 우리의 머리칼을 쓰다듬고
꽃잎은 축복처럼, 어깨 위에 내려앉네
버스 안에서 부르는 노래들
창문 밖으로 스쳐 가는 풍경들
여행의 설렘은 작은 심장을
더 크게, 더 빠르게 뛰게 하네
도착한 공원의 푸른 잔디밭
하늘은 더없이 높고 맑은데
땅 위에 둘러앉아 펼쳐놓은 도시락은
작은 축제의 시작을 알리네
친구와 나누어 먹는 김밥 한 조각
엄마의 정성이 담긴 계란말이
서로의 반찬을 나누는 순간
우정은 더욱 깊어만 가네
도시락을 비운 후의 자유시간
숨바꼭질, 술래잡기, 보물찾기
선생님도 잠시 아이가 되어
함께 뛰어노는 이 시간
깔깔거리는 웃음소리
풀밭을 굴러다니는 아이들

땀으로 빛나는 이마 위로
봄볕은 따스하게 내리쬐네
돗자리 위에 모여 나누는 이야기들
평소 교실에선 나누지 못했던
서로의 비밀, 꿈, 그리고 희망을
속삭이듯 풀어놓는 오후
멀리서 들려오는 선생님의 호루라기 소리
아쉬움을 안고 모이는 아이들
다시 줄을 서서, 돌아가는 길
발걸음은 무겁지만 마음은 가볍네
버스 안에서 이제는 조용히
창밖을 바라보는 아이들
피곤함에 스러지는 눈꺼풀 사이로
오늘의 추억이 스며들어 가네
집으로 돌아와 들려주는 소풍 이야기
부모님의 미소 띤 얼굴, 귀 기울여 듣는 모습
오늘의 모험을 하나하나 풀어놓으며
작은 영웅이 된 기분이네
잠자리에 들어감은 눈 속에서도
오늘의 장면들이 계속 이어지고

소풍의 기억은 오랜 시간이 지나도
마음속 깊은 곳에 자리 잡아
어른이 되어서도 문득문득
그리움으로 찾아오리
학창 시절 그 소풍의 날들은
우리 삶의 작은 쉼표였고
일상을 벗어난 짧은 모험이었으며
평생 간직할 보물 상자의
반짝이는 조각이 되었네
세월이 흘러 어른이 되어도
봄이 오면 문득 생각나는
그날의 설렘, 그날의 웃음소리
그리고 그날의 우리
소풍은 끝났지만
그 추억은 영원히 우리의 마음속에서
노래하며 살아가리

소풍 끝에 남은 기억

소풍 전날 밤 (기다림의 설렘)

어릴 적 학교생활에서 가장 기다려지던 날은 단연 소
풍이었다. 매일 반복되는 일상에서 벗어나 친구들과
함께 자연 속으로 떠나는 그 특별한 하루는 우리에게
작은 모험과도 같았다. 특히 소풍 전날 밤의 그 설렘
은 지금도 생생히 기억에 남아있다.

소풍 전날이면 항상 이불 위에 내일 입을 옷을 정성스
레 펼쳐놓곤 했다. 가장 편안하면서도 예쁜 옷, 그리고
운동화까지. 작은 배낭에는 엄마가 정성스레 준비해
주신 김밥과 과일, 간식들을 넣어두었다. 그 작은 가방
안에는 하루의 행복이 꾹꾹 눌러 담겨 있었다.

침대에 누워서도 내일 있을 일들을 상상하느라 좀처
럼 잠이 오지 않았다. 친구들과 함께 버스를 타고 가
며 부를 노래, 도시락을 펼쳐놓고 나눠 먹을 간식들,
선생님이 준비한 레크리에이션 게임에서 우리가 이

길 수 있을지... 머릿속은 온통 내일의 계획으로 가득
했다.

나는 특별하게도 건전 놀이부장이었다. 차 안에서 목
적지까지 가는 시간을 따분하지 않게 분위기를 띄워
야 했다. 마이크를 잡고 아이들의 장기자랑을 유도해
야 했다. "잘 되겠지" 막연하게 짠 콘티를 뒤로하고
잠이 살며시 들었다.

창문 너머로 달빛이 스며들어도 나의 상상은 멈추지
않았다. 시계를 볼 때마다 "아직도 새벽 3시..."라며
한숨을 쉬던 기억이 난다. 내일이 빨리 왔으면 하는
마음에 억지로 눈을 감아보지만, 설렘은 쉽게 가라앉
지 않았다.

알람 소리가 울리기도 전에 눈을 떴던 소풍날 아침.
전날 밤잠을 설쳤음에도 불구하고 몸은 이상하게 가
벼웠다. 서둘러 세수를 하고 옷을 입은 후, 식탁에 앉
았다. 평소보다 일찍 일어나신 엄마는 이미 도시락 준
비를 마친 채 나를 기다리고 계셨다.

"잘 잤니?" 엄마의 물음에 나는 머쓱하게 웃으며 고
개를 끄덕였다. 하지만 엄마의 눈빛에서 나의 뜬눈으
로 밤을 지새운 흔적을 알아차리셨다는 것을 느낄 수

있었다. 그럼에도 엄마는 내 설렘을 이해하신다는 듯 미소 지으셨다.

학교에 도착하자 교실은 이미 들뜬 분위기로 가득했다. 평소보다 화려한 옷을 입은 친구들, 커다란 가방을 메고 도착한 아이들의 얼굴에는 모두 설렘이 가득했다. 우리의 표정만 봐도 누가 어젯밤 잠을 설쳤는지 쉽게 알 수 있었다.

버스에 오르면서 창가 자리를 차지하기 위한 작은 경쟁이 시작되었다. 노래를 부르며 달리는 버스 안에서, 전날 밤의 기대감은 현실이 되어 우리 앞에 펼쳐졌다. 그렇게 시작된 소풍은 지금 생각해도 가장 빛나는 추억 중 하나로 남아있다. 학교를 벗어나 자연과 함께 힐링 되는 시간은 일 년 중에 손꼽아지는 날이다. 교실이라는 제한된 장소에서 지식을 탐구하던 우리들은 현장에서 살아있는 체험을 하면서 새로운 학습을 하게 된다. 가끔 길을 거닐다 정차된 관광버스를 보면 지금도 소풍을 가던 그때의 시간으로 되돌아가고 싶다. 우리는 삶이라는 시간을 보내면서 동심과 아련한 추억의 공간들이 많이 사라져 버린 듯해서 아쉽다. 거리에 벚꽃들이 얼마 전까지만 해도 나의 눈을 즐겁게 했다. 마음이 설   다. 어디론가 훌쩍 떠나고 싶다.

어른이 된 지금, 그 시절의 순수한 설렘을 다시 느끼기는 쉽지 않다. 하지만 가끔 봄바람이 불어오는 소풍 시즌이 되면, 소풍 전날 밤 이불 위에 정성스레 놓아둔 옷과 가방, 그리고 그날의 설렘으로 뒤척이던 나의 모습이 문득 떠오른다. 그 작은 기다림의 순간들이 모여 우리의 소중한 청춘을 만들어 주었다.

소풍 끝에 남은 기억

두근거리게 만드는 소풍

오늘은 어쩐지 모르게
오늘은 어쩔 줄 모르게

다른 날보다도 더 일찍 눈이 떠진다.

눈이 번쩍.
정신 번쩍.
다시, 눈이 커지게도 만든다.
다시, 정신 또렷이도 만든다.

하늘 높이 떠 있는 풍선처럼.
하늘 높이 떠 있는 구름처럼.

소풍을 가서 있는 날보다,
소풍을 가기 전의 날들이 더
두근두근해서
그 소리에 놀라
일찍 일어나는지도 모른다.

두근거리게 하는 소풍.
그 전날이 더 두근두근하다.
그 전날이 더 잠들지 않는다.

등 떠밀며 반겨준다

잔디밭의 초록들이
높디높은 하늘들이

나를 등 떠밀며 반겨준다.
너도 등 떠밀며 반겨준다.
모두 등 떠밀어 반겨준다.

돗자리 위 무거운 몸집을 가볍게 만들어준다.
돗자리 위 복잡한 생각들 휘리릭 가져가 준다.

시원한 바람이
솔솔솔

따스한 햇살이

쨍쨍쨍

가져온 도시락에 아름다운 풍경을 담고,
풍경들 가득가득 놓치지 않게 입에 한가득 베어서 문다.

가져온 물통 안에 자연들의 색감을 가득,
가득히 담아 모셔 뚜껑을 세게 잠가 꽈아악 흘리지
않게.

오늘 너무 잘 왔다.
오늘 그냥 잘 왔다.

어쩌다 왔지만, 잘 왔다.
그렇게 왔지만, 잘 왔다.

공원

따사로운 햇볕에
푸르름이 넘치는 공원
땅에서 올라오는
흙냄새와 풀 냄새
기분이 상쾌하게
느껴지는 이유는 기분 탓일까
같이 느껴볼래
소풍을 핑계 삼아
공원에 앉아
너와 나 같이 느끼고 싶어
지금 나와 같이 가줄래

소풍이었다

소풍이었던가.

그저 내게 온 그 시간은
그에겐 잠시 스치는 소풍이었던가.

설렘을 안겨주고
기대를 품어주고
살랑살랑 나를 바람처럼 안아주다가

그래.
소풍이었다.

아쉬움은 나의 몫이었고
기약 없는 그날들은
스치는 추억이 될
그런 작은 소풍이었다.

소풍처럼 잠시 머물길

소풍처럼 내 곁을 잠시 머물길

설렘으로 가득해 밤잠을 설칠 만큼
딱 그만큼 나를 헤집었다가

열정을 가득 채워하게 바라보게 하다가

아쉬움을 뒤로 한 채
다음을 기약할 수 있도록

소풍처럼 내 곁에 머물다 가기를

벚꽃 비와 파란 우산

교정 벚꽃길 한복판에서 걸음을 멈춘다. 꽃잎 한 장이 속눈썹을 간지럽히자, 열다섯, 봄 소풍이 필름처럼 움직이기 시작한다. 그날 우산 속 1㎡, 둘만 허락된 좁고 깊은 방. 왜 아직도 선명하면서 흐릿할까. 현상되지 않은 사진처럼, 빛과 음영이 겹쳐 있어서일까.

소풍 아침, 어머니가 감싼 파란 체크 보자기가 손끝을 따뜻하게 적셨다. 김밥 단무지 냄새가 달콤했고, 물통이 흔들릴 때마다 심장이 두근거렸다. 책을 읽는 것보다 창밖을 바라보는 걸 더 좋아하던 나는 오늘만큼은 기대감으로 가득 찼다. 버스 시동이 북같이 울리고, 창밖 담장 위 벚나무 가지가 길을 가리켰다. 호수 공원에 내리자 흙냄새와 갓 자란 풀 향이 바람에 섞여 무대를 열었다. 알록달록 돗자리 위로 종이 조각 같은 꽃잎이 바스락거리며 흘렀다. 나는 은정이라 불리던 아이를 찾았다. 교실 뒷자리에서 항상 책을 읽던 그녀, 질문에는 짧게 답하지만 글씨는 꼼꼼하게 쓰던 은정이. 분홍 구두끈을 매던 그녀는 치맛단을 털며 주머니에 꽃잎을 모으고 있었다. 이름을 부를 용기가 없어, 목에 맺힌 작은 떨림을 삼켰다. 햇빛에 투명해진 꽃잎 하나가 그녀의 어깨에 내려앉자 교복의 초록이 연분홍으로 물들었다. 그 떨림이 나를 불러 세웠지만, 가슴속 낯선 용기가 금세 주저앉았다. 그때부터 나는 그녀의 그림자가 되었다.

점심 무렵, 예고 없이 하늘이 터졌다. 꽃잎과 비가 뒤섞여 쏟아지자 교사 호루라기가 급히 학생들을 불렀다. 돗자리를 끌어안고 달아나는 무리에서 비켜 서 있던 내 앞에 은정이 파란 우산을 내밀었다. "같이 쓸래?" 작은 목소리가 몸속으로 파고들었다. 우산이 펼쳐지고 둥근 파란 천막이 생겼다. 반투명 천 위를 두드리는 꽃잎, 우산살 끝에 고이는 물방울, 두 사람의 박동이 한 리듬으로 겹쳤다. 숨이 수증기를 만들어 작은 안개를 놓았다. 젖은 풀 향 속에 비누 냄새 한 줄이 스쳤다. 눈이 먼저 문장을 완성했다. 지금, 이 순간을 기억해 줘. 말 없는 부탁은 한없이 가벼웠고, 동시에

빗소리보다 선명했다. 나는 봉투 하나를 품에 숨겼다. 그녀가 모은 꽃잎을 담아 두었던 작은 봉투였다. 돌려 주려다 미처 건네지 못한, 그날 아침 용기 내어 써둔 짧은 마음의 글이 담긴 종이.

비가 잦아들고, 우산 위 꽃잎들이 파르르 떨다 미끄러졌다. 공원은 금세 아무 일 없던 듯 맑았다. 친구들의 웃음, 셔터 소리, 음악이 뒤섞였다. 나는 말없이 그녀 곁을 걸었고, 발끝에는 두 칸쯤 뒤늦은 후회가 매달렸다. 호수 갈림길, 그녀는 오른쪽, 나는 왼쪽으로 자연스레 갈라졌다. 우산 그림자가 포개졌다가 흩어졌다. 삼킨 이름 자리에 목 안의 떨림이 다시 일었다. 버스 창에 비친 내 얼굴과 그녀의 뒷모습이 겹쳤다가 어긋났다. 스피커에서 흐르는 노래가 "전하지 못한 마음도 남는다"는 가사를 속삭였다. 나는 창문에 맺힌 물방울을 닦으며 파란 우산 속 1㎡에 남겨 둔 봉투를 접어 넣었다. 두 손이 무겁고, 가슴은 빈 듯했다.

그날의 기억을 간직한 채, 서서히 계절은 바뀌었고 우리는 성장했다. 책 속에 꽃잎을 말려두던 습관처럼, 나는 그 순간을 마음에 보관했다.

십여 년 뒤, 투명 장우산 아래 서울 골목을 걸었다. 벚

91
소풍

꽃 비가 다시 내리고, 카페 불빛이 젖은 길 위로 늘어졌다. 사람들은 처마 밑으로 몸을 숨겼지만, 나는 우산을 내려 천을 바라보았다. 빗물 대신 기억의 방울이 차올라 흘러내렸다. 파란 천막 아래에서 스쳤던 숨, 떨림, 미완의 봉투가 선명해졌다. 닫힌 우산은 접혀 있으나 열렸던 마음은 해마다 봄이면 펴지라고 재촉했다. 어떤 장면은 과거가 아니라 여전히 현재형으로 남아 선명하게 떠올랐다. 나는 웃음 아닌 미소를 살짝 지었다. 다시 만나도 우리에게 우산은 하나면 충분하리라는, 조용한 확신이 몸을 데웠다.

봄이 깊어질수록, 그날의 기억은 더 또렷해졌다. 대학교 동창회 초대장을 받았을 때, 은정의 이름을 명단에서 발견한 순간 가슴이 다시 뛰었다. 벚꽃이 만개한 교정을 다시 걸으며, 예전에 감히 꺼내지 못했던 봉투를 주머니에 넣었다. 낡고 바랜 종이 위에 쓰인 글씨는 이제 흐릿했지만, 그 마음만은 여전했다.

교정에 벚꽃이 또다시 비처럼 흩날렸다. 나는 우산 없이 손바닥을 펼쳐 꽃잎을 받았다. 피부에 머무는 잔열이 속삭였다. 벚꽃은 사라져도 파란 우산 속 1㎡의 온기는 사라지지 않는다고. 천의 주름 어딘가에서 아직도 봄의 좌표가 반짝인다고. 꽃비가 멈춘 자리마다 나는 처음의 봄을 펼칠 수 있다. 오늘, 이 맑은 햇살 아래에서, 접어 두었던 봉투와 마음을 당당히 펼칠 용기가 생겼다. 캠퍼스 입구에서 그녀를 기다리며, 내 안에 살아 있는 파란 천과 분홍 꽃비의 기억이 따스했다. 그것만으로도 올해의 봄은 이미 충분했다.

산을 노닐며

산을 오르는 이유는 산이 거기 있어서랬다
달라진 건 없는데
몇 칸짜리 엄마 솜씨를 목에 매고
꽃술을 전하는 벌처럼
왱왱대며 이곳저곳 머물던 때와는
기분이 사뭇 다르다

산의 이름을 묻거나
키와 생김새를 묻는 것이 꼭
산과 나 사이에 중매하는 것 같다

소풍 전날 밤의 설렘과
어떤 곳도 거침없이 오를 용기는
산이 나에게 준 것이 아니다

발걸음이 닿는 모든 곳이
노닐며 걷는 곳이 될 수 있는 것은
여전히 나의 선택이다

소풍

이 세상 살 만하더이다.
욕심 없이 물 흐르듯 살면
살아볼 만하더이다.
내 평생 욕심이라고는
서방, 자식 욕심뿐이었는데..
그마저 내려놓을 때쯤
하늘이 부르더이다..
수고 많았다고..
욕심 없이 물 흐르듯 살면
이 세상 살 만하더이다.

소풍의 추억

손가락으로 한밤 두 밤
소풍 날 기다리고
새 옷을 사고
누구랑 앉아서 먹을까
설레며 챙기는 돗자리

멀미약 챙겨 먹고
엄마의 정성 담긴 도시락 챙기고
짝지어서 버스에 올라타고
떠나는 소풍

여기저기 모여
부끄럽지만 뽐내던 장기자랑
비가 오면 우산꽃이 피었고

꽃이 없어도 웃음꽃이 피었던
마냥 신났던 소풍

소풍 끝에 남은 기억

아버지 소풍

아버지 소풍

세게 잡으면 부러질까
붙잡지 않으면 잃어버릴까
슬며시 내밀어 주시던 두 번째 손가락

이제는 거뜬히 잡아드릴 수 있는데
식을 줄 모르던 두 번째 손가락 잡아드릴
아버지가 곁에 없습니다

누가 먼저 사갈까
비싼 값에 얼른 팔릴까
하늘 집 이사가 뭐 그리 급하셨을까

아버지 소풍 길에
아직도 덩그러니 혼자 서성이는 나는
봄볕 사이사이 피어난 웃음꽃 틈새로
잡히지 않는 두 번째 손가락을 찾아 헤맵니다

날마다 설레었을까
매 순간 웃음꽃 피었을까
찾아가는 고단함이 행복을 빼앗을 수 있었을까

두근거린 소풍 길
설렘의 도시락 넉넉히 챙겨왔지만
행복의 보물찾기가 여간 어려운 게 아닙니다

오래전 끝난 아버지 소풍
인생 소풍에서 찾은 가장 큰 보물은
아마도
못 챙겨간 마누라, 금쪽같은 새끼 둘이겠지요

그 보물들
다녀가신 소풍 길 제자리에 아주 잘 있습니다

똑똑

먼저 가신 하늘 집 노크하고

소풍 길에 남겨주신 두 번째 손가락 살포시 부여잡고

참 즐거우셨지요

참 행복하셨지요

아버지 소풍을 기억합니다

포레스트 웨일

공동 작가

기억

기억

아무리 세월이 흐르고 흘러도 깊게 새겨진 마음의 상
처들은 잊혀지지 않고
시간이 지날수록 더욱더 선명해지듯이~
그렇게 너와 함께했었던 추억들과
너의 얼굴을 선명하게 기억하고 싶었는데

오랜 세월이 지난 지금
너의 얼굴은
내 기억 속에서 이미 희미해져
이제는 기억나질 않고

너와 못했던 것들과
너에게 못해 준 것들만 자꾸 생각나

내 마음은 아직도 널 그리워하고
보고 싶어 하는데...
내 기억은 내 마음과 다른가 봐
그래서 슬퍼
내 기억 속에 너의 얼굴을
선명하게 새겨놓을 수 있으면
얼마나 좋을까...

기억에 살아

한 줌 시간의 틈새로
유유히 흘러드는 그 빗소리에
지나간 네가 드리우고

고요한 호수 위
잔잔한 물결 일 듯
잊고 있던 네가
은밀히 젖어든다.

눈가에 흐르던 무수한 빗물에
내려치며 울먹이던 그 가슴에
잊힌 줄 알았던 네가

한 순간에 파고들어
잃어버린 시간들을 찾아온다.

함께 걷던 그 거리
함께 듣던 노래

외면했던 그 계절 속 네가 찾아와
남아있던 눈물샘을 건드리고
두 뺨으로 흘러
고요한 곡선을 타고 내린다

나에게만 찾아오는
너에게는 없는 기억

어김없이 또...
흘러내린다.

기억들이여

눈을 감으면 떠오르는
많은 상념
하루하루의 기억들

때로는
잔잔한 밀물처럼
때로는
휘몰아치는 파도처럼

그렇게 그렇게
기억의 조각들은
흩어졌다 모으기를 반복했나 보다.

107
기억

오십살 즈음에
내 발뒤꿈치 굳은살처럼
많지도 적지도 않은 인생의 희로애락

먼발치에서 홀연히 내려다본 기억들
앞으로의 삶에도
그리고 찍히고 굳어질

내
하루하루의 기억들이여

기억해 줘

날
기억해 줘

풀잎 위 이슬처럼
영롱한 사랑으로만

무지개 사이 빛처럼
눈부신 그리움으로만

수풀 속 아지랑이처럼
은은한 정겨움으로만

너의 마음 안에서
기억해 줘

내 고향 제주도에서

세상 돌고 돌아 머무르면
날마다의 삶이 포근한
가족 간의 사랑을 담고 있다
순간순간 만남으로
첫눈에 반한 그분과
고운 꽃으로 피어나고
언젠가 또 만난 날이 있지 않을까
내 고향 제주도에서
낡은 마음 훌훌 털어 버리고
행복한 파티로
여러분을 초대합니다
오늘처럼 하루하루 즐겁게
잘 놀다 가시오

그날그날의 일상 속

나를 눈 뜨게 했던
너의 관심이
만개한 웃음꽃으로 채워진
나로 살게 해줬어
그날그날의 일상 속
내 앞에 놓여진
머나먼 이 길을
오직
널 위해 걷겠어

기억조각

작년의 오늘은 기억날 것 같이 행복했다.
반 배정과 담임선생님,
부담임 선생님 모두 좋았으니까.
나는 작년을 잊지 못하고 있다.
그 이유는, 작년이 젤 좋았으니까.
그분들이 가지 않았더라면
올해도 좋았을지 모른다.
하지만 어쩔 수 없이 가야 하는거 안다.
기억 조각이라는 말처럼 오늘이
마지막인 것처럼 오늘을 살아갈 것이다.

좋아했던 너와의 기억

2년간 함께했지만 아직도
떠나간 너를 잊지 못하고 있어.
이젠 보내줘야 하는데 그게 잘 안돼.
보내줘야 하는 때가 됐어
하지만, 생각하는 순간 나는 슬퍼
네가 보고 싶어져
하지만 어쩔 수 없는걸?
나중에 커서 만날지도 모르잖아?
너와의 추억을 기억하면서 기다릴게.

3년 동안 오케스트라를 하고 있는 나의 기억

나는 3년 동안 오케스트라를 하고 있지만
정식적으로 한 건 2년이다.
2학년 때부터 클라리넷 활동을 시작했다.
무엇보다 악기를 잘하게 만들어 준 것 중에
가장 큰 비중을 차지한 건 오케쌤이셨다.
하지만 그쌤은 올해 계시지 않았다
다른 학교로 가셨다
너무 슬프지만 너와의 2년간의 추억 기억하며
오케스트라도 잘하며 지낼 것이다.

기억이 자라는 곳

길을 걷다 보면
아직 알지 못하는 꽃을 만난다
어디선가 본 적이 있는 것 같고
손결에 닿았던 어렴풋한 시선

기억이란
지나간 자리에서
보이지 않는 뿌리를 내리고
언젠가 피어나는 것이 아닐까

"기억은 어디에서 자라나?"

대답하기 힘든 추상적인 질문
눈앞에 꽃을 가만히 보았고

문득 어느 날의 봄이 떠올랐다

오래전
바람
햇살
목소리

잊어버렸던 것들이
아무렇지도 않게 내 앞에 봉오리 진다

"꽃은 언제부터 여기 있었어?"

대답하지 못한다
다만, 오래 바라보았다

바람이 없는데도
꽃잎은 가볍게 흔들린다

항성 (*항상 같은 자리에 있는 별)

"서혜야."

내 직장 동료이자, 소꿉친구인 이한이 말을 걸었다.

"응, 왜?"

"아무래도 우리 둘이서만 일을 하긴 무리인 것 같아서, 사람을 뽑는 건 어떨까?"

"모집한다고 지원하는 사람이 있긴 할까? 이 시골 천문대에?"

"그렇긴 하네."

"우리만 있어도 충분해."

별 탈 없이 지내 왔던지라 다른 사람은 더 이상 필요가 없었다.

이한이 생각에 잠겼다가 뭔가 생각 난 듯 말을 걸었다.

"갑자기 옛날 생각난다. 왜 네가 갑자기 천문학자 되고 싶다고 했을 때 말이야."

"갑자기?"

"응, 갑자기."

"17살이었나? 그때 별 보고 있었지? 현장 체험학습으로 여기 왔었잖아."

"그랬지."

잠깐 추억에 잠겨있었다가 문득 생각이 나 이한에게 말을 걸었다.

"그때 너도 나 따라서 천문학자 되겠다고 했잖아."

10년 전, 고등학생 시절 한 반에 6명밖에 없을 정도로 시골이었던 이곳이 싫었던 나머지 난 도시로 가고 싶어 했다. 그때 마침 별을 보고 있었어서 문득 든 생각이 '도시엔 천문대가 많지 않을까'였다. 그래서 천문학자가 되고 싶었고, 그 생각을 이한에게 공유했을 뿐이었지 자기도 날 따라서 천문학자가 되겠다고 할 줄은 꿈에도 몰랐다.

이한이 피식 웃으며 말했다.

"그랬지. 나도 그렇고 너도 그렇고 갑자기 천문학자가 되고 싶다고 해서 부모님들이 많이 놀라셨잖아. 난 아직도 우리 엄마 표정이 생각이 나."

나는 이한의 말을 듣다가 생각이 나서 말을 했다.

"아, 맞다. 기상청에 자료 주기로 했는데. 그거 보내고 올게. 기다려."

이한은 웃어 보이며 말했다.

"그래, 빨리 와."

나는 급히 천문대로 들어갔다. 자료를 찾는데 조금 헤매다가 메일을 보낸 뒤 다시 나왔다.

그러곤 이한에게 다가갔다. 그는 이미 내 곁을 떠난 뒤였다.

지금 이 생각이 왜 나는진 모르겠다. 아마 많이 혼란스럽기 때문일까? 그렇다 해도 왜 하필 죽기 전에 나누었던 대화가 떠오르는 걸까.

차를 타고 장례식장으로 향했다. 도착해서 한참을 상주로서 있었지만 오는 사람이라곤 동네 주민분들밖에 없었다. 문득 사진을 바라보았다. 액자 속 이한의 얼굴이 보인다. 죽음을 모르는 아이처럼 환하게 웃는다.

떠나가고 알았다. 암이었단다. 나는 왜 그가 나에게 알려주지 않았는지 원망할 수 없었다. 그는 분명 내가 속상해할 것 같았기 때문에 알려주지 않은 것이었겠지.

"그래도.. 알려주지 그랬어..."

돌아오는 대답은 당연히 없었다.

3일이 가고 그의 집을 정리하기 위해 집으로 향했다.
그가 미리 치워놨는지 집은 치울 것 없이 깔끔했다.
집을 둘러보다 천문대로 향한다. 천문대에 도착하자
문득 그가 했던 말이 생각났다. 갑자기 사람을 뽑네,
옛날 생각이 나네 했던 그의 말들이 이해가 되기 시
작했다. 그는 이미 날 정리하고 있었던 것이다.
천문대로 들어갔다 당장이라도 그가 저쪽 의자에 앉
아서 일을 하고 있을 것만 같아 눈물이 차오른다
눈가를 비비고 짐을 정리하기 시작한다.
그러다 눈에 띄는 노트를 발견한다. 본 적이 없었던
노트라 호기심에 열어 보았다.
노트는 이한의 일기장이었다. 암을 선고받은 날부터
어제까지 하루하루 반장을 꽉꽉 채워 자세하게 기록
이 되어있었다.
넘기다 맨 뒷장의 편지 형식의 글이 눈에 띈다.

서혜에게.

서혜야, 네가 이 글을 보고 있다면 내가 너의 곁에 없
겠지? 설마 네가 나 몰래 이런 걸 찾아 읽고 있겠어?
암튼 본론으로 넘어가자면, 내가 아픈 걸 너한테 이야
기 안 한 이유는

글이 끊겨있다.
쓰다 만 것일까? 쓸 말이 없던 것일까? 별의별 생각
이 다 들었다.

정리하다 보니 벌써 저녁노을이 진다. 마을 사람들에
게 유품을 태워줄 것을 부탁하고 다시 천문대로 올라
와 별을 관측하기 위해 준비한다.
별을 보다가 저번 주와 같은 자리에 있는 별을 발견
했다.
"항성이네.."
자료를 뒤져 보았지만 저 항성에 대한 자료가 있지
않았다.
나는 그 자리에서 메일 창을 열어 기상청에 보냈다.

기상청에서는 확인해 보고 다시 연락을 주겠다 하였
다. 얼마 지나지 않아 메일이 왔다. 자료가 없는 별이
라며 이름을 붙여 달랜다.
이름 후보를 수첩에 몇 개 적어보았지만 영 마음에
들지 않는다. 그러다 문득 생각이 나서 수첩에 끄적여
본다.

이한

메일엔 이렇게 적어 보냈다.

이한 440295

2. 강대진

기억의 시간이 지나면

왜? 그땐 몰랐을까?
왜? 그땐 그랬을까?
기억의 시간 움직임에
모든걸 알수없는걸까?
그때 알았더라면
또, 어떻게 달라졌을까?

기억의 시간은 늘 돌고 돌듯
우리에게 숙제를 내주는가보다
숙제의 답을 알고 있지만
스스로 풀어나갈 수 있는
능력을 보는 숙제

숙제를 잘하고 싶다.
아니 숙제를 통한
배움의 성장을 꿈꾼다

기억의 시간이 지나면
참, 잘했어요!
빨간 도장을 받는 숙제

나의 기억의 시간아?
인주 떨어질지 모르니
더 챙겨둬!

죄책감

아파트 게시판에 새로운 전단이 붙었다. 평소대로 게시판을 지나쳐 문을 열려다 문득 멈춰 서서 그것을 물끄러미 바라보았다. '은빛동 3단지 아파트 경비원 모집' 형형색색 화려한 디자인의 전단들 가운데 경비원 모집 글과 바로 오른쪽 종이 하나만 색감도, 디자인도 단출했다.

오른쪽 종이는 디자인이랄 것도 없었다. 기본 폰트로 타이핑한 여러 글씨들로 이루어진 공지 글이었다. 그중 제일 큼지막한 문장 하나가 눈에 띄었다. '삼가 고인의 명복을 빕니다'

3일 전이었다. 우리 단지의 경비원 한 분이 스스로 목숨을 끊었다는 소식이 들려왔다. 내가 사는 314동 앞 경비실 외부에 추모 공간이 마련되었다. 간단한 제사

상과 애도 글이 적힌 메모들, 하얀 국화들이 모여 있었다.

뉴스 기사까지 나가면서 사건은 더욱 퍼졌다. 유서도 없었고, 경비원이 목숨을 끊은 정확한 이유도 밝혀지지 않았지만 단지 내의 주민들 대부분은 이유를 알겠다는 듯 말을 삼켰다. 그 '이유'라는 게 뭔지 알고 싶었으나 나 역시 말을 꺼내지 않았다. 4월 중순, 벚꽃이 만개하고 개나리와 진달래가 얼굴을 내미는 지금의 풍경과 달리 침울하고, 암울하고, 눅눅한 분위기가 단지를 커다랗게 짓누르고 있었기 때문이다.

가만히 게시판을 바라보면서 과거의 기억을 끄집어냈다. 어렸을 때, 몇 년 전, 그리고 최근. 그때 나는 무슨 행동을 했는지, 무슨 말을 건네고 무슨 생각을 했는지를 모조리 기억해 내려 안 쓰던 머리를 굴렸다.

어렸을 적, 그러니까 초등학교 저학년쯤 됐을 때 나는 단지 내에 지나가는 거의 모든 이에게 인사를 했다. 어른한테는 인사를 하는 것이 예의다, 어린 나머지 그걸 학교에서 마치 '의무'로 받아들인 후 벌인 행동이

126
소풍 끝에 남은 기억

었다. 느닷없이 두 손을 배꼽에 모으고 고개를 숙이는 꼬마에게 떨떠름함을 느끼며 그냥 지나치는 이들이 있는가 하면, 만면에 미소를 머금고 '으응~' 또는 '안녕'하고 답해주시거나 기특하다고 사탕이나 초콜릿 같은 간식을 주시는 분들도 계셨다.

경비아저씨는 후자였다. 경비실 앞이나 주차장, 동 끝에서 마주칠 때마다 꾸벅 인사를 하면, 안경 너머의 주름진 두 눈을 반달 모양으로 바꾸고 웃으시면서 '안녕하세요'하고 말씀하시고, 같이 고개를 숙여주셨다. 내 인사로 되려 상대한테 인사를 받았을 땐 왠지 모르게 기분이 좋아졌다. 그래서 그 미련한 짓을 한동안 했던 기억이 난다. 경비아저씨도 그때마다 항상 내 인사를 반갑게 받아 주셨다.

초등학교 고학년 어느 날, 그때도 경비실 앞에 서 있는 경비 아저씨를 보고 인사를 했다. 하지만 그때 아저씨는 아무 반응이 없었다. 무시를 하신 건지 나를 못 본 것인지 이유는 몰랐지만, 그 당시에는 인사가 받아지지 않은 게 서운했다.

아마 그때 이후로 내가 경비아저씨를 그냥 지나치는

날이 많아졌던 것 같다. 자연히 시간이 지나고 나이를 먹으면서 그다지 친하지 않은 이웃 한 명 한 명에게 인사를 하는 일이 번거롭고 유난이라고 생각했던 것도 크다. 주변 사람들은 모르는 사람이 지나갈 때마다 '이웃'이라는 이유로 일일이 인사하지 않았다. 그리고 어느새 나도 그들과 똑같이 행동하고 있었다.

6개월 전이었다. 고등학생이 된 나는 엄마에게 분리수거를 부탁받아 두 손 가득 버릴 것들을 받고 1층에 내려갔다. 문을 열고 분리수거장 쪽을 바라보니 저만치에 경비 아저씨가 보였다. 플라스틱, 비닐류, 캔류 등 각각의 수거 자루를 꼼꼼히 살펴보고 계시다. 어색했지만 계속 그쪽으로 걸어갔다. 그동안 뜸했던 경비 아저씨와 마주하는 것이 불편하다고 분리수거를 안 할 순 없는 노릇이었다.

아주 자연스럽게 안으로 들어갔다. 경비아저씨가 옆에 있는 것을 의식하며 말없이 종이류부터 버렸다. 이 수거장은 종이류 수거통이 따로 없다. 오른쪽 귀퉁이에 아주 많은 종이 더미가 쌓여있을 뿐이다. 나는 납작하게 누른 상자 3개와 제품 종이곽 4개를 힘차게 던졌다. 투둑, 툭. 떨어지는 소리가 다소 초라하게 들렸다.

나머지 쓰레기들도 서둘러 버렸다. 이 어색한 공간을 한시라도 빨리 벗어나고 싶었다. 비닐류, 플라스틱, 마지막으로 캔류를 버리려던 참에, 경비아저씨는 내게 말씀하셨다.

"안녕하세요."

당황했지만 이내 나도 "아... 안녕하세요.."하고 버벅거리며 대답한 후 고개를 숙였다. 오랜만이었다, 경비아저씨와 인사를 나눈 것은.

일주일 전, 학교를 마치고 집으로 돌아가는 길에서 U자형 긴 의자에 홀로 앉아 있는 경비아저씨를 보았다. 주위엔 나밖에 없었고, 310동 앞 놀이터에서 뛰어노는 아이들은 자기들 놀기에 바빠 경비아저씨를 신경 쓰지 않았다. 멀어서 표정까지 보이진 않았으나 등을 굽히고 고개를 숙인 채 한숨을 쉬고 있는 듯한 모습은 분명했다. 아직 피지 않은 꽃봉오리 상태의 진달래들이 의자 뒤에 우거지고, 양옆 벚나무가 열심히 꽃잎을 흩날리고 있었으나 지금 보고 있는 풍경은 서로 전혀 조화롭지 않았다. 경비아저씨는 그 모습을 한동

안 유지하고 있었고 나 또한 멍하니 그 모습을 쳐다
봤다.

314동에 빠르게 가는 직선 코스는 U자형 의자가 있
는 곳 옆길을 지나가야 한다. 하지만 그때만은 왠지
그 앞을 지나가면 안 될 것 같은 무거운 분위기가 느
껴져 312동부터 아파트를 통과해 집으로 들어갔다.
단순히 기분이 처진 듯한 수준이 아니었다. 뭔가 참고
참아 마음속에 쌓인, 응어리진 무언가가 해소되지 못
해 답답하고 힘들고 슬픈 그런 느낌이었다. 가방을 내
려놓고 손을 씻으면서도, 그날 잠자기 직전까지도 생
각했다. 경비아저씨는 무엇 때문에 그렇게 심각해 보
였을까. 무엇 때문에 슬퍼 보였을까.

게시판 속 텍스트로 단조롭게 이루어진 그 하얀 종이
를 살포시 쓰다듬으며 생각해 본다. 내가 그때 계속
인사를 했다면, 조금이라도 용기 내보았다면, 뭔가 달
라졌을까? 경비실 앞이나 주차장, 동 끝에서, 어디에
서라도 마주칠 때마다 여전히 인사를 하고, 안부를 물
었다면, 벚꽃이 흩날리고 진달래 꽃봉오리가 예쁘게
우거졌던 그곳에, 피하지 않고 같이 앉아 이야기를 나

넜다면, 지금 이 상황이 달라지지 않았을까? 바뀌지 않을 현실이란 걸 알면서도 머릿속에 피어오르는 생각들을 멈출 수 없었다. 일종의 죄책감 같은 것이었다. 어느샌가 촉촉해진 왼 볼을 손등으로 닦았다. 눈물이 나고 있었다.

5분간을 게시판 앞에 서 있다가 정신을 차렸다. 약속 장소에 맞춰 가려면 시간이 남았지만 이제 문을 나서야 했다. 벌건 눈동자를 감추려 눈을 일부 가리고 문을 지나려는데, 내 앞에 301동 앞 경비실의 경비아저씨가 문 쪽으로 다가오고 있는 것이 보였다. 나는 눈을 가리려고 올린 손을 내렸다. 경비아저씨와 눈을 마주쳤을 때, 벌게진 내 눈동자를 보고 조금 당황하셨을 때, 미소를 짓고 고개를 숙이며 이렇게 말했다.

"안녕하세요."

잃어가고자 하는 기억은

내가 잊어가는 기억을 남들이 아깝다고 한다.
나를 제대로 알지 못하는 사람들이라 잘 모르는 거
같은데
내가 잊어가는 기억,
내가 잃어버리고자 하는 기억은
결코 아깝거나 안타까운 기억이 아니다.
잊을 만하니까 잊는 것이다.
그러니까 그 누구도
내가 스스로 잃어버리려는 기억에
아깝다는 눈길조차 보내지 않기를 바란다.

그랬었지

햇살 가득한 어느 봄날 네가 왔지
환한 웃음과 눈부신 미소를 품고 왔지
맑고 한없이 밝았지 너는

여름과 함께 우리의 시간도 길어졌지
시간과 함께 우리의 마음도 깊어졌지

카키 빛 짙던 어느 해 가을 너는 갔지
슬픈 눈빛과 처진 어깨를 남기고 갔지
아팠고 수없는 눈물을 흘렸지 나는

겨울과 함께 우리의 그리움도 얼어버렸지
우리가 만들었던 시간은
어느 해 봄, 눈과 함께 사라져 버렸지

응답하라, 1981 -꽃을 준 남자-

맞은편에 앉은 친구 남편의 시선이 내 등 뒤로 향했
다. 음식은 다 나온 거 같은데, 뭐지? 고개를 돌리려는
순간, 우리 테이블 옆으로 불쑥 다가온 한 남자.

"햐~~~, 여기서 이렇게 만나네."

그의 시선이 내 얼굴이 와서 꽂힌다. 유난히 옅은 갈
색 눈동자. 날카로운 턱선은 사라졌지만, 그 눈동자만
큼은 변함이 없다. 그 순간 팔에 소름이 돋지 않았다
면, 거짓말이다.

"나 모르겠어? 난 바로 알아봤는데."

어리둥절해하는 친구 S 부부와 그 집 아이들, 그리고
나의 큰딸까지, 모두의 눈길이 우리 둘 사이를 바쁘게
오갔다. 시간이 멈춘 것 같지만, 어색한 침묵은 불과
몇초 밖에 안 흘렀을 터.

"설마… CH…?"

중학교를 졸업한 지 수십 년 만에 태평양 건너 레돈도 비치(Redondo Beach)에 있는 유명한 한국 횟집에서, 그와 그렇게 조우했다. 한국으로 돌아가기 하루 전날이라 진수성찬을 대접받고 귀가했지만, 바로 잠자리에 들 수가 없었다. 무슨 사연인지 빨리 털어놓으라는 S의 성화에 마주 앉았는데, 미국 집의 어두운 거실 조명이 그리 고마울 줄이야….

내가 다닌 중학교는 남녀공학이었다. 80년대 초만 해도, 무늬와 이름만 공학이지 뼛속까지 '남녀칠세부동석'이었다. 남학생과 여학생은 건물도 달랐고, 교무실이 그 중간에 있었다. 남녀가 서로 얼굴을 보거나 말을 섞을 기회는 일주일에 딱 한 번, 서클 활동을 할 때였다.

그 서클마저 나와 달랐던 CH는 어디서 나를 보았는지, 어느 날 갑자기 쫓아다니며 사귀자고 조르기 시작했다. 그 집착이 어느 정도였냐 하면, 자기 담임에게 고민 상담을 해서 그 얘기가 우리 담임 선생님에게 전달되었고, 결국은 엄마까지 학교로 불려 왔다.

29년 만에 재회한 담임 선생님이 초보 교사로서 겪은

일이다. 당시 선생님 앞에서도 이 모든 상황이 너무나 부끄럽고 수치스러워, 고개를 못 들었던 나.

내가 좋다고 하면 우리는 공식 커플이 될 수도 있었다. 하지만 나는 짝사랑하는 오빠가 있었고, CH의 이국적인 갈색 눈동자도 싫었다. 그 눈으로 나를 바라보는 것조차 소름이 끼쳤다. 하지만 그는 '포기'라는 단어를 모르는 아이였다. 장미꽃을 주고 가지를 않나, 일요일에는 성당까지 따라와서 중등부 주일학교는 물론이고 미사까지 참석했다.

그가 주고 간 장미꽃 한 송이 덕분에, 고등학교에 가서도 '꽃을 받은 여자애'라는 꼬리표가 붙어 다녔다. 사귄 사이도 아닌데 그런 소문이 따라다니는 것에 몸서리쳤다. CH는 '나를 짝사랑한 남자애'라기보다는, '참 조숙했던 스토커' 정도로 기억에 남아 있었다.

25년이 지나 캘리포니아 식당에서 다른 테이블에 앉아 있는 내 얼굴을 단박에 알아볼 정도이니, 무슨 말이 더 필요하랴. 아, 고백하자면 25년은 아니다. 고등학교에 올라간 후, 해외로 유학 가는 형에게 책을 선물하고 싶다며, 함께 서점에 가자는 전화가 왔다. 그

의 '스토킹'에서 벗어난 다음이라 경계심이 사라졌던
걸까? 아무튼 우리는 주말에 광화문에서 만나서 책도
고르고 밀크셰이크도 먹었다. 그게 데이트였을까?

담임 선생님과의 재회로 다시 추억하는, 나에게 처음
으로 꽃을 준 남자. 사춘기 소녀에게는 불쾌한 소문을
퍼뜨린 '진상'이었지만, 내일모레 육십인 갱년기 여자
에게는 소중한 기억이다.

응답하라, 1981.

소중한 기억과 행복

행복의 기억들이 하나씩
떠오르고 합니다

운동회, 체험학습
학생 때 소중하거늘

행복을 찾아 소중함을
찾아 아름다운 무지개처럼
빛나는 기억이 되리라

그날, 성당 앞에서 기억이 말을 걸었다

며칠 전, 정말 오랜만에 국민학교 친구를 만났다. 어릴 적 함께 뛰놀던 그 친구는, 지금 내가 다니는 성당 신부님의 누나다. 그동안 신부님을 통해 간간이 친구의 소식을 들었지만, '잘 지내고 있을까?' 생각만 할 뿐, 연락을 해본 적은 없었다.

그날은 수요일, 고해성사를 드리러 성당에 간 날이었다. 고해소 앞자리에 앉아 조용히 마음을 가다듬고 있는데, 신부님께서 고해소에 들어가시려다 말고 내 쪽으로 다가오셨다. 그리고 조용히 말씀하셨다.

"누나가 곧 성당에 도착할 거예요."

그 말을 듣는 순간, 심장이 툭 내려앉는 느낌이었다. 곧 친구를 마주하게 된다는 사실이 낯설고 설레고 조금은 긴장됐다. 손끝이 살짝 떨릴 만큼 마음이 출렁였고, 고해소 안으로 들어가 문을 닫았을 때조차 마음은 자꾸 바깥을 향해 있었다. 그 순간은 분명 성찰과 회개의 시간이었지만, 머릿속엔 온통 친구 생각뿐이었다.

'지금쯤 도착했을까?'
'만나면 무슨 말을 먼저 해야 할까?'

고해의 말들 사이로 친구의 얼굴이 자꾸 아른거렸다. 고해를 마치고 문을 열었을 때, 문 앞에 누군가 서 있었다. 익숙한 분위기, 익숙한 눈빛. 그리고 아주 오랜만에 입 밖으로 불러본 친구의 이름. 친구도 주저함 없이 내 이름을 불러주었다.

그 순간, 감정이 툭 하고 터졌다.

눈물이 왈칵 쏟아졌고, 우리는 말없이 서로를 껴안았다. 성당 안에서는 늘 조용해야 한다는 규칙도, 주변 시선도 그 순간만큼은 중요하지 않았다. 그저 너무 오랜만에 만나 반가움 하나로 마음이 벅찼다.

더 놀라웠던 건, 친구가 혼자가 아니었다는 점이었다. 어릴 적 동네에서 함께 어울려 놀던 친구 두 명이 함께 있었다. 그 모습을 보니 마음 어딘가가 찌르르했다. 나는 그 시절 친구들과 거의 연락을 하지 못한 채 살아왔기 때문이다.

어릴 적 추억을 간직한 친구를 바라보며, 나도 모르게 말했다.

"넌 참 따뜻한 아이야."

오랜 시간을 지나도 그 시절 친구들과 여전히 연락을 나누고 지낸다는 건, 결국 그 사람의 마음이 넉넉하고 다정하다는 증거니까.

사실 이번이 친구를 처음 다시 본 건 아니었다. 몇 해 전, 지역 축제에서 우연히 마주친 적이 있었다. 그날은 시부모님, 남편과 함께 바람을 쐬러 나간 날이었는데, 멀리서 익숙한 실루엣이 보여 무심코 다가갔다. 그때도 친구는 따뜻하게 인사해 줬고, 우리는 연락처도 주고받았다.

"자주 연락하자. 진짜 반가웠어."

그렇게 말했지만, 나는 결국 연락하지 못했다. 육 남매의 맏며느리이자 장녀, 남편과 함께 학원 일을 도우며 아이들까지 챙겨야 했던 그 시절엔 하루하루가 너무 빠듯했다. 누군가를 그리워하고 추억한다는 건, 그때의 내게는 너무 사치스러운 일이었다.

그런데 이번엔 조금 달랐다. 나이는 더 들었고 여전히 바쁘지만, 마음속에 추억 하나를 꺼내어 곱씹을 작은 여유가 생긴 걸 느낀다.

고해성사 후 수요 미사 시간, 우리는 나란히 앉아 손을 꼭 잡았다.

"우리 예전에 뭐 하고 놀았더라?"
"그때, 네가 참 다정했어. 나한테."

어릴 적 미사 시간에 집중하지 못하고 잡담하던 기억처럼, 우리는 조용히 속삭이며 이야기를 나눴다. 그 시간만큼은 어른이 아닌, 어린 시절의 우리로 돌아간 기분이었다.

성체를 모시러 나가는 길, 신부님께서 말씀하셨다.

"마리아, 그리스도의 몸."

그 순간 친구의 세례명이 '마리아'라는 걸 알게 됐다.

이름이 참 잘 어울린다고 생각했다.

조용하고 깊은, 따뜻한 친구에게 꼭 맞는 이름이었다.

사실 어린 시절의 기억은 흐릿하다.

그런데 이 친구에 대한 기억만큼은 언제나 따뜻하게 남아 있었다. 예민하고 혼자였던 시절, 먼저 다가와 웃어주던 그 아이. 그래서일까, 다시 마주한 순간 마음이 저절로 풀어지고 부드러워졌다.

지금의 나는 매일을 살아내는 데 집중하며 지낸다. 과거를 떠올릴 여유도 없이, 앞만 보고 달리는 삶이 익숙해져 있다. 되도록 추억에 머무르지 않으려 애쓰고, 지금과 앞으로를 더 중요하게 여겨왔다. 하지만 친구를 다시 만난 후로, 자꾸 그 시절이 떠오른다.

'그땐 우리가 어떤 모습이었을까?'
'나는 어떤 아이였을까?'

기억이라는 건 참 고맙다. 모두 잊은 줄 알았는데, 마음 한구석 어딘가에 조용히 머물고 있다가 어느 날 불쑥 찾아와, 숨 고를 틈 없이 달려온 나를 잠시 멈춰 세워준다. 요즘은 친구를 떠올릴 때마다 조용히 미소 짓게 된다. 잊지 않아서 다행이고, 다시 만날 수 있어서 참 고맙다.

한참 시간이 지나고 나서야 알게 됐다. 기억은, 문득 우리를 멈춰 세우고 바쁘게만 살아온 마음에 따뜻한 숨을 하나 쉬게 해주는 존재라는 걸. 친구와의 짧은 만남은 나를 다시 나에게 데려다주었고, 그 시절의 기억은 지금의 나를 조금 더 단단하게, 조금 더 따뜻하게 만들어주었다.

기억은 어쩌면, 사람과 사람 사이를 다시 잇는 다리이자 멀어졌던 나 자신과 다시 연결되는 조용한 길목인지도 모르겠다. 그동안 나는 미래를 위해 과거를 애써 밀어내고 살아왔다. 지금에 집중하는 것이 더 중요한 일이라고 믿었기 때문이다.

하지만 그날의 만남 이후로 알게 됐다. 우리가 어떤 시간을 살아왔는지 기억할 수 있을 때,
지금의 나를 더 온전히 이해할 수 있다는 것을. 기억은 단지 과거를 회상하는 일이 아니라,
지금의 나를 껴안아 주고 앞으로 걸어갈 힘을 건네는 선물 같은 거였다

우리가 살아가는 하루하루 속에 언젠가 다시 꺼내 보게 될, 누군가에게 따뜻함이 될 기억이 자라고 있을지도 모른다. 그 소중함을 잊지 않으면서, 나는 오늘을 조금 더 다정하게 살아보고 싶다.

기억 담은 집

하나, 둘 간직하려
소망 벽돌 올린다.
담은 기억 하나가
걸어 걸어 올라만 간다.

셋, 넷, 다섯 소중했던
기억 벽돌 올렸다.
담은 추억 하나가
차곡차곡 쌓여만 간다.

바람 불어 끄떡없는 단단한 마음이
흔들려도 꺾지 못한 기둥이 되고

쏟아붓는 소나기에 온몸 젖어도
작은 온기 하나가 소망이 된다.

하얀 눈 소복 쌓인 낡은 기둥 아래는
옮겨간 발자국도 기억이 된다.

일곱, 여덟, 아홉, 열
추억 벽돌 쌓인다.
잊지 못할 기억이
가슴 새긴 문패가 된다.

기억의 바다

그리움에 사로잡혀 잊으려 애썼으나, 다시금 그 마음을 품게 됩니다.

돌이킬 수 없다는 것, 상처만 남을 것이라는 것, 아무 소용 없다는 것을 알면서도 말입니다.

푸른 강물처럼, 마음속 바다처럼, 흩어진 사랑이 그리움에 젖어 흘러갑니다.

그리움에 잠겨 홀로 눈물 흘리며, 그리워하다 미워하다, 흐르는 물처럼 당신을 놓아줍니다.

사랑이라 여겼던 지난 시간들, 영원히 사랑할 줄 알았던 날들이 기억의 바다에 남습니다.

온기의 기억

하루가 무의미하게 흘러가고,
과거의 기억을 되짚어
혼자만의 시간을 보냅니다.

점점 멀어지는 당신의 모습에,
변화하려는 노력에도 불구하고 변치 않는 제 마음을
느낍니다.

다른 사람들도 당신을 바라보지만,
저는 그러지 못했습니다.

그저 당신의 뒤에서 바라만 보았고,
마음이 얼어붙어 가는 와중에도
당신을 향한 마음과 지난날들의 온기는
여전히 남아, 당신을 그리워하는 것 같습니다.

너와 함께

기억은 항상 네가 있던 자리에 머물러 있다. 시간은 지나가고 하루하루가 쌓여 내가 변해가는 것처럼 그때의 우리는 조금씩 달라지지만 너와 함께했던 순간은 여전히 선명하다.

어디선가 들어오는 노래, 함께 걷던 길, 우리가 나누던 웃음 모든 것이 지금도 내 마음속에 살아있다. 아무리 시간이 흘러도 그 기억은 늘 따뜻하게 나를 감싼다. 마치 그때로 돌아간 듯한 느낌이 들 때마다 내가 얼마나 너를 소중하게 여겼는지를 깨닫게 된다.

너와 함께했던 날들이 내건 가장 특별한 시간이었다. 우리가 함께 걸었던 그 길은 어쩌면 끝없이 펼쳐진 길이 아니었을까 그 길은 걷던 우리는 미래에 대한 불확실성보다는 그 순간의 행복을 더 소중하게 여겼던 것 같다.

지금은 각자의 삶의 길을 걷고 있지만 가끔은 그때를 떠올린다. 기억 속에서 다시는 너와 함께 걸으며 우리의 작은 대화 속에 담긴 의미를 되새긴다. 그 기억에 내게 힘이 되는 이유는 너와 함께했던 시간이 내 인생에서 가장 진실된 순간들이었기 때문이다.

어쩌면 우리는 다시 만날 수 없을지도 모른다. 하지만 너와 함께한 시간은 절대로 사라지지 않는다. 그리고 그 시간에 내한 담아 오늘도 나를 이끌어 간다.

네가 떠난 자리에 추억이 피었다

휴일 오전 집을 나섰다. 아파트 현관 앞에 흰 꽃잎이 떨어져 있었다. 고갤 드니 어제까지 활짝 폈었던 벚나무가 바람에 흔들리고 있었다. 바람이 불 때 베란다 창문을 열어두면 거실 안까지 꽃잎이 날아온 적 있다. 그럴 땐 닫혀있던 모든 방문을 열어뒀다.

단지에서 도보 10분이면 소양강의 자락에 도착할 수 있다. 봄철이면 벚꽃 구경한다고 사람 넘친다. 주차할 곳이 없어 불법 주차까지 극성이다. 경비 아저씨가 잠시 한 눈이라도 팔면 자기 자리인 마냥 대놓고는 시치미를 떼며 걸어간다. 나는 그 뒷모습을 몇 번이나 본 적 있지만, 아무 말하지 않았다

'벚꽃은 질 때 가장 아름답다'라는 말이 있다. 영화 『라스트 사무라이』의 마지막 장면에서도 쓰러져 죽

어가는 사무라이를 보며 벚꽃처럼 쓰러진다고 했다. 삶의 마지막 순간을 가장 아름답게 표현한 말이다.

벚꽃의 마지막을 표현한 노래도 있다. 가수 버스커 버스커의 『벚꽃 엔딩』이다. 마지막 바람에 날리는 꽃잎과 사이를 걸어가는 연인의 설렘에서 이별 후 혼자 남겨진 화자의 슬픔과 그리움을 드러낸 가사가 인상적이다.

"봄바람 휘날리며/ 흩날리는 벚꽃잎이/ 울려 퍼질 이 거리를/ 우우 둘이 걸어요/ 바람 불면 울렁이는 기분 탓에/ 저편에서 그대여 네 모습이 자꾸 겹쳐"

벚꽃이 피는 순간도 아름답지만, 마지막 순간에 자신의 추억을 승화시키며 괴로움을 달랜 내용이다. 발표된 지 한참 되었지만 정확한 가사를 모른다. 그런데도 이맘때쯤이면 나도 모르게 흥얼거렸다.

주말이라 강변에는 사람이 많았다. 인파에 휩쓸려 나까지 앞으로 가기기만 해서는 안 된다. 걸어서 갈 수 있는 곳까지 다녀오면 왕복 두 시간 정도다. 천천히 나만의 속도로 중간중간 준비된 벤치에 앉아 쉬어가며 꼼꼼히 오늘의 봄을 만끽해야 한다. 그렇게 하지 않으면 지금의 봄을 잊게 되기 때문이다. 내 주위에 느껴지는 바람과 벚꽃의 흩날림, 발밑 피어난 민들레까지 모두 나의 오늘을 위해 존재하는 순간이니 아껴야 한다.

벚꽃을 제대로 감상하려면 안을 자세히 들여다봐야 한다. 규칙적인 모양이 있다. 일단 만개하기만 하면 넓은 오각형 모양의 꽃잎 다섯 장이 꽃술을 감싸안는다. 향기는 아주 가까이 코를 대야만 미약하게 느낄 수 있지만 오히려 진하지 않아 좋다. 종류도 다양하다 왕 벚꽃, 겹벚꽃, 산 벚꽃, 청 벚꽃, 수양벚꽃, 춘추벚나무꽃이 있다.

3월경부터 피는 왕 벚꽃의 마지막쯤 겹벚꽃과 청 벚꽃이 이어 피기 시작한다. 이름처럼 가을에도 피는 벚꽃이 있으니 지는 벚꽃을 아쉬워할 필요가 없다. 다음 순서를 기다리기만 하면 그뿐이니까.

소양강과 하늘 사이 벚꽃의 수놓은 만큼 봄이 머물렀다. 새들도 가까이 날아와 사람 구경하며 자기들만의 봄을 만끽하고 있다. 사람들은 벚꽃과 가까이 사진 찍으려고 꽃잎에 얼굴을 가까이 대며 크게 웃는다.

벚꽃을 보고 있으니 불현듯 어린 시절로 돌아간다. 시골 살 땐 집 앞에는 나보다 훨씬 먼저 태어난 벚나무가 있었다. 나이를 가늠한 적 없다.

봄에 피고 날이 더워질 즈음 지기를 계속 반복했던 만큼, 그에게 중요한 건 때가 되면 꽃을 피우는 일이었을 터다. 나무에 오르다가도 떨어진 적 많았다. 그런데도 마을 또래 아이들은 마치 약속이라도 한 듯 정해진 시간만 되면 이곳에 모였다.

그때만 해도 지금처럼 스마트폰이 있던 시절이 아니다. 백 원짜리 동전 몇 개 손에 쥐어 나오면 그날의 영웅 대접을 받았다. 가게에서 과자 한 봉지를 사 나누어 먹고, 나무에 매달려 흔들면 마치 눈이 내리는 듯해 떨어지는 꽃잎을 손으로 잡으며 놀았다. 그 시절 기억을 돌돌 말아 머릿속 어딘가 깊게 보관해 둔 것을 오늘의 봄이 펼쳐 보여줬다.

때를 맞추어 발밑 세상은 점점 노란빛으로 물들어 간다. 눈에 띄는 것이 민들레다. 이맘때쯤이면 지천으로 널려있는 것이 민들레인데 새삼스럽다고 하겠지만 어느 꽃인들 아름답지 않겠는가. 그러나 민들레는 좀

다르다. 진한 향이 나는 것도 아니고, 눈에 잘 띄지도 않는다. 대신 혼자 피는 법이 없다. 둘 이상이 모여 작게나마 군락을 이룬다.

민들레는 서러움을 많이 느꼈을 터다. 바람에 날려 보도블록 사이 흙에 자리 잡고 피었다가 사람들 발에 밟히고, 옷가지나 코에 붙어 미움을 받았을 테니까. 그런 모습을 보고 있노라면 마치 나를 보는 것 같았다. 어느 한 곳에 정착하지 못하고 여기저기 바람에 날려 다니다 방황하던 시기가 떠오른다.

하필 커다란 벚나무 밑에 자리 잡은 민들레에 특별한 애정을 느낀다. 꽃말의 의미처럼 그늘 속에서도 노란, 작은 희망을 보여주는 모습은 애틋하다. 지금까지 그래왔듯 어디론가 나를 데려다줄 바람을 기다리는 마음으로 응원할 뿐이다.

그 옛날 어머니께서 민들레의 잎을 캐다가 무침을 해주신 기억 난다. 어머니도 봄을 좋아하셨고, 꽃을 사랑하셨다. 투명한 음료병에다 물을 받아 꺾은 꽃을 꽂아둔 기억이 지금도 선명하다. 봄과 벚꽃과 민들레를 순서대로 느끼니 나 어린 시절로 돌아간 듯하다.

순간 아이들이 뛰어가며 크게 웃는 소리가 들린다. 다시 바람이 분다. 꽃잎이 너무 빨리 떨어질까 가슴 졸인다. 계절은 오고 가는 것. 내가 잡으려 해도 불가능하다. 다시 피기를 기다리기만 하면 된다. 잠시나마 옛 추억을 봄 대신 심을 수 있었다. 4월이다. 오늘따라 봄 하늘이 파랗다. 봄이 가고 있다.

세탁

내가 돌아간다
너를 돌고 있다

마르지 않는 너
말릴 수 없는 나

가만히 있어도 시간을 돌림
너라는 기억이 사탕을 물림

회오리 같아도
간지럽기만 해

음악이 멈춰도
우리 춤은 곡예

털어서 펼치면 사라진 얼룩

포근한 향기에 파묻는 얼굴

바램

두 눈을 감고
뒤돌아 누워도
잠들지 못하고

눈물만 나오고
후회만 남았던
그날들

움켜쥔 내 주먹과
위로 흐르는 눈물
함께 나누던 추억에 잠긴다

비 오던 거리가
어느새 말라 그 기억
추억들처럼 다시 밝아 오길 바란다

추억속에 소망

잊혀져있던 시간을 기억하고
하나둘 켜진 빛들에
빛이 되고 조각이 되어

날 선명하게 비추고
손을 내밀고 날 감싸며
한 걸음 더 내디딘다.

저 하늘에 구름

저 하늘에 구름은 누구를 찾아서 저렇게
두둥실 떠다니는지 보고 싶은
어머니 아버지를 찾아다니는 걸까

쉼 없이 부지런이도 떠 다니는구나
구름아 행여 우리 어머니 아버지 만나거들랑
내가 많이 보고 싶어 한다고 전해 다오

청둥오리 두 마리

반짝이는 강 위에 청둥오리 두 마리
추위도 아랑곳하지 않고
어딜 향해서 저리도 열심히 헤엄쳐서 가는지

행여 둘이 멀어질세라 거리가 멀어지면
다시 가까이로 다가가는 청둥오리 두 마리
사람도 새도 혼자는 외로워서 싫은가 보다

나란히 헤엄쳐 가는
천둥오리 두 마리
예쁘게 살아가렴

다음에 또 오자

다음에 또 오자

다음은 오지 않았다.

다음에 같이 보내자던 계절도,
다음에 같이 오자던, 자주 가던 식당도,

계절도 사라졌고, 식당도, 다음도 사라졌다.

다음에가 아니라 그때를 만끽해야 했고,
쉼표로 가두어 놓은 시간을 풀어놨어야 했다.

그래서 지금 쉼표 안의 삶에 살고 있다.
삶의 한 페이지의 쉼표 안에서
다음으로 넘어가지 못하고 있다.

고이 접어 둔 페이지를 넘기지 못하고 있다.

망각

무한한 삶은 없다,
모두 유한한 삶 속을 흘러가고 있을 뿐.

쓸데없는 생각을 해대며
내가 아니기를 바라는 날들이 잦아지고,

무너지고 나서야,
순간순간 문을 두드리는 불안들이
데리고 오는 것들은
대개 가시 같은 것들이란 걸
그제야 깨닫게 된다.

굳이 문을 두드려 생채기를 남기고 가는 이를
붙잡아 둘 수 없는 사실을 망각하고서
뒤따라간다.

금방 깨닫고 뒤돌아오는 걸음,
뼛속엔 후회만 잔뜩 베어 돌아오곤 했다.

그러고는 다시 반복하며
후회를 살고 있다.

여전히 벗어나지 못한 채로.

당신이라는 이름에게

한때 즐거운 기억으로 꽃을 피웠던 시간
아프고 나쁜 기억, 슬픈 기억들이
행복한 순간의 기억마저 지워서 몰랐어.
앉아 있던 책상에서 책들을 살펴보다가
책 속의 예쁜 추억 한 송이.
그제야 지워진 기억도 새록새록 피었다.

도서관에 앉아서 시집 읽는 것도
연필 들고 노트에다 쓰는 게 마냥 재미있던
여고생이던 내 모습이 생생하게 기억났어.
느티나무 아래 이름 모를 풀때기마저
푸릇푸릇 새싹으로 마음속에 피었다.

바람이 불어오는 대로 제멋대로
날아다니는 꽃씨들도 반갑다며
당신에게도 열심히 손짓해 준다.
고마웠어. 여고생 시절 아름다운
꽃길이 되어준 당신까지 기억 속에
남겨둘 수 있으니 그냥 좋았어.

고마웠어. 당신이라는 이름에게_

망각의 낙인

가슴속에 많은 것들을 품은 채
시간에 마모되면서도 살아가지만
여전히 텅 빈 마음속 빛바랜 기억들은
짙은 어둠이 찾아올 때마다
떠오르며 괴롭힌다

태양이 뜨면 잠시 물러나는 듯하지만
마치 지워지지 않는 낙인처럼
어두워진 마음속에
밤이 오면 같이 나타난다

지킬 수 없게 된 약속이 됐기에
돌아갈 수 없는 곳과는
다른 방향을 향해

힘겹게 발걸음을 옮기며
머물렀던 곳을 다시 돌아보기도 하지만
애써 외면하며 앞으로 나아간다
아파하던 기억을 안은 채
이미 망가진 사실을 망각한 채로.

간직하고 있는 그날

눈부시게 찬란했었던 시간이
깊게 새겨져 잊히지 않으며
눈을 감아도 사라지지 않습니다

그 풍경을 아직 염원하고 있기에
언젠가 다시 만나게 되는
변하지 않을 그날을 기다리며
재회의 희망을 가지고
가슴속에 고이 간직한 채
남은 시간을 버텨낼 수 있습니다

하루하루 채워가면서
긴 밤을 보낸다고 해도
흘려보내면 마침내
결국 만나게 될 테니까.

2,000일 동안 물 건너간 기억

장례식장에서 난 절대 잊지 않겠다 약속했다.
영정사진 속에 그녀에게 오열하며 내 꿈에 나와달라
고 빌었다.
다음 생에 다시 만나자고 그러니 나 잊지 말라고 그
랬다.

알 수 없는 디데이 2,000일에 그녀를 생각했다.
울면서 그녀가 별이 됐을 때 설정해 둔 날

난 2,000일 동안 졸업을 두 번이나 했더라.
그녀를 아는 이들에게 자연스레 옛날의 얘기를 했지
만 2,000일 동안 많이 마음이 강해졌더라.

그녀가 떠난 지 2,000일 그녀와 약속한 건 난데
왜 나는 그녀를 잊어버렸다.

같은 날, 다른 기억

빛바랜 사진 속 늘 웃는 모습은 어여쁘고
마음 깊이 묻어둔 기억 속 무표정한 모습은 아프기만

사랑하기에 당연한 것은 당연한 것이 아니었고
미워하기에 내뱉던 말은 진심이 아니었다

돌이킬 수 없는 시간 앞에
꾹꾹 눌러 담은 그날의 기억

물거품처럼 사라진 인어공주처럼
나의 사랑도 물거품 되어

너의 기억 속에 나는 미운 사람으로
나의 기억 속에 너는 미안한 사람으로

우리를 갈라놓은 그날은

나에게는 잊히지 않는 그날로 남았지만
당신에게는 잊힌 하루일 뿐

행복한 당신을 보며
나도 아픈 기억은 지우고, 좋은 기억만 남기리니.

기억은 사람마다 다르다

가끔 기억은 기억하고 싶은 사람에 따라 왜곡될 때가 있다. 어떤 사람은 좋은 기억을 남기고 싶어 애써 기억을 조작할 때도 있고, 어떤 사람은 기억 자체가 싫어 지워버리기도 한다. 그래서 어쩌다 만난 사람이 아는 사람인데도 낯설 때가 있나 보다. 오늘 겪었던 일은 참 황당하기도 했지만, 기억이라는 것을 다시 생각하게 되는 계기도 되었다.

—

나는 이 사람을 기억하지 못한다. 본 적도 없고, 아예 이름부터 낯설다. 그런데 이 사람은 나에게 좋은 기억이라도 있는 것처럼 친한 척 굴고 있다. 이미 약속 시간이 지나버려 마음은 급한데, 좀체 놓아줄 생각을 안

하고 있었다.

"그때 너 나한테 뭐라고 한 줄 알아?"

"네?"

본인은 친했던 친구였다고 반말하지만, 여전히 어색한 높임말을 하는 나를 보면서 조금은 깨닫지 않을까 싶지만 눈치도 없이 웃느라고 정신이 없다.

"나보고 호박 같다고 했잖아. 늙은 호박."

좋은 기억이 아니었다. 순식간에 차가운 표정으로 바꾼 그녀가 나를 노려보았다.

"네 덕에 나 졸업할 때까지 늙은 호박으로 불렸는데, 기억나지 않는다고? 그렇게 말하면 다야?"

딱 한 걸음만큼 거리로 서 있던 그녀가 성큼 앞으로 다가왔다. 그제야 그녀가 자세히 보였다. 참 예쁜 얼굴이었다. 달걀형의 얼굴은 늙은 호박처럼 넓게 보이지 않았다. 무엇보다 쌍꺼풀이 진 눈매는 선과 악을 동시에 품은 듯한 묘한 매력이 있어 신비롭기까지 했다. 오뚝한 콧날과 매끈한 입술은 그녀가 천사 같은 미소 속에 다부진 성격을 지니고 있는 것처럼 보였다.

"정말 기억나지 않아서 그래요. 누구세요?"

"애가 끝까지 모른 척하네."

그녀의 목소리 톤이 한층 올라갔다. 한적한 평일 오후였지만, 그녀와 내가 서 있는 곳은 서울에서도 꽤 번화가에 속했다. 그랬기에 몇몇 사람들이 길을 걷다가 목소리의 근거지를 찾아 삼삼오오 모이고 있었다. 어느새 꽤 많은 사람이 우리를 두고 삥 둘러섰다. 마치 이때를 기다리기라도 한 듯 그녀가 소리쳤다.

"너 OO 고등학교 나왔지?"

그녀가 말하는 고등학교는 내가 전학 가기 전 잠깐 머물렀던 학교였다. 고작 한 달 남짓, 입학과 동시에 지방으로 전근 발령을 받은 아버지로 인해 부랴부랴 급하게 이사와 전학이 이루어져 그곳에 기억은 거의 없다고 해도 무방하다. 게다가 그녀는 지금 그곳을 졸업했냐고 묻고 있었기에 나는 확실하게 말할 수 있었다.

"아뇨. 거기 졸업 안 했어요."

나의 대답이 자신을 당황하게 만들었는지 시선을 어디에다 둘이 모르겠다는 듯이 빠르게 움직이는 눈동자와 이어서 해야 했던 말은 갈 곳을 찾지 못하고 그녀의 입안에서만 맴돌고 있었다.

"어디서 거짓말이야? 너 이선화 맞잖아!"

"이선화? 그 사람이 누군데요?"

다행인지 불행인지 그녀가 기억하는 나는 다른 사람
이었다. 아마도 학교는 우연이 겹친 것 같았다. 자꾸
만 아니라고 하는 나를 믿지 못하는 그녀에게 결국
주민등록증을 내밀었다. 주민등록증 속에 내 이름은
'윤민희'다.

"정말 윤민희 맞아? 아니 세요?"

"네. 보고 있으시잖아요. 여기 00년생 윤민희, 보고도
못 믿으세요?"

"혹시 개명?"

참 어이없는 발상에 웃음이 나왔다. 그때 오늘 약속한
친구에게서 연락이 왔다. 그러고 보니 오늘 약속한 친
구가 00 고등학교에서 알게 된 친구인데, 참 아이러
니한 우연인 듯하다.

"진우야, 미안해. 나 지금 거의 다 왔는데, 황당한 일
을 겪어서. 내가 가서 설명해 줄게. 진짜 미안해. 뭐?
알고 있다고? 너 어디 있는데?"

그때 대중 사이에서 진우가 나왔다. 혼자 배꼽을 잡고
웃고 있는 모습이 얄미웠다. 아마도 아무리 기다려도
오지 않는 내가 걱정되어서 약속 장소에서 지하철역
까지 거슬러 올라온 것 같았다. 한참 웃던 진우가 짐

짓 헛기침하며 내 옆에 섰다. 나름 남자라고 어깨의 힘을 주는 모습이 웃겼다. 게다가 목소리까지 가다듬으며 듬직한 남자의 모습으로 보여야 하는데, 실상은 전혀 그렇지 않았다.

"일단 사과부터 하시죠. 제가 처음부터 본 건 아니지만, 도끼눈을 뜨고 노려보시는 모습은 봤거든요. 처음 본 사람한테 할 행동은 아닌 듯한데? 아닌가요?"

진우의 말에 그녀는 뒤로 한 걸음 물러나 마치 어린아이처럼 허리까지 공손하게 고개를 숙였다.

"죄송합니다. 저보다 나이도 많으시고, 확실하게 제가 아는 사람은 아니네요. 너무 닮으셔서 저도 모르게 착각했어요. 진짜 죄송합니다."

"아니에요. 그럴 수도 있죠. 다행히 멱살은 안 잡았으니 그걸로 '퉁' 치죠. 저라면 그냥 보자마자 멱살부터 잡았을 것 같거든요. 보아하니 상처 많이 받으신 듯한데, 이해해 드릴게요. 조금 당황스럽기는 했지만, 괜찮아요."

등 뒤에서 대화를 듣고 있는 진우는 웃음을 참느라 바람 빠지는 소리가 연신 들렸다. 한참 몇 번 큰 심호흡을 한 후에야 그녀 앞에 다시 얼굴을 내밀었다.

"그리고 OO 고등학교라고 했나요? 저 거기 출신입니다. 이 친구는 아니지만. 당신한테는 저는 '선배님'이 되겠네요. 이것도 인연인데, 차나 마시면서 당신이 말하는 그 선화라는 친구와 있었던 일 들어보고 싶은데 어때요?"

그녀는 진우의 말에 망설였다. 아마 그냥 완전히 모르는 남이었다면 괜찮다고 돌아섰을 거로 예상되지만, '선배'라는 말이 망설임을 주는 것 같았다.

"선배라는 단어에 너무 부담가지지 말아요. 하고 싶지 않으면 안 해도 돼요. 지금 어디 가시는 중 아니었어요?"

"아니요. 어디 가려는 중은 아니었고, 잠시 산책 중에 우연히 본 거예요. 정말 닮으셔서요."

얼버무리는 말속에 알 수 있었다. 말하고 싶은 욕구가 말하고 싶지 않다는 욕구가 뒤엉켜있다는 것을 말이다. 문득 나보다 어리다고 했는데, 그녀는 몇 살인지 궁금했다.

"혹시 몇 살이에요? 내가 연상이라고 했던 것 같은데, 궁금해서요."

"아, 저는 스무 살이에요. 학교 졸업한 지 얼마 안 되어서 진짜 맞는 줄 알았어요. 죄송합니다."

괜히 나이를 물었나 싶을 정도로 사과하는 모습에 오히려 더 미안해졌다.

"그래요? 미안해하지 않아도 돼요. 사과는 충분히 받았으니까. 그러면 우리 헤어질까요?"

"아무래도 그게 더 좋을 것 같아요. 저도 그만 잊을래요."

"잊는다고요? 거리에서 목소리를 높일 만큼 상처받은 말인데?"

그녀는 입을 삐죽거리면서도 혼잣말처럼 작은 목소리로 대답했다.

"그 친구는 농담이고, 장난이었을 텐데요. 뭘. 선화는 저와 제일 친한 친구였으니까."

참 안타까운 일이었다. 가장 친했던 친구의 한마디가 상처가 되어 관계를 일방적으로 끊어버리고, 그 말은 화병처럼 마음에 남아 잊히지도, 지워지지도 않는 미움이 된 듯했다. 제일 친한 친구에게 그런 말을 듣고, 그 말로 인해 듣기 싫은 말을 졸업할 때까지 들었으니 그녀에게는 상처와 미움의 대상이었겠지만, 반대로 일방적으로 연락하지 않고 피한 친구로 인해 선화라는 그 친구도 꽤 상처받았을지도 모를 일이었다. 그래봤자 내가 해결해 줄 문제는 아니었다. 두 사람이 만나 서로의 오해를 풀고 사과할 건 하고, 풀건 풀어야지 끝날 문제였다.

"그래요. 혹 다시 그 선화라는 친구 우연히라도 만나도 지금처럼 말고 대화로 잘 풀었으면 좋겠어요. 지금 모습 보면 당신도 그 선화라는 친구가 그리운 것처럼 보이거든요."

"맞아요. 그리워요. 그 친구처럼 제일 말이 잘 통하는 친구를 또 만나지 못했거든요. 고맙습니다. 선배님의 충고 명심하고 그대로 실천할게요. 오늘 정말 죄송하고, 저는 먼저 가볼게요."

울먹이며 돌아서는 그녀를 보며 참 기억이란 기억하는 사람에 따라 달리 해석되는 거라는 걸 새삼 다시 깨달았다. 진우는 오늘 만남 내내 깔깔대고 웃었다. 그리고 짐짓 궁금하다는 듯이 물었다.

"너는 고등학교 때 나 어떻게 기억해?"

"너? 당연. 그냥 오진우."

"그래? 그냥 오진우? 그게 다야?"

"응. 넌?"

"나도 뭐 다르겠냐? 그냥 윤민희지 뭐."

괜히 툴툴거리는 것처럼 들리는 말투에 더 묻고 싶었지만, 그보다 배고팠다. 먼 여수에서 진우 이 자식을 보겠다고 버스 타고, 기차 타고, 지하철까지 정말 힘든 여정이었다.

그리움

네가 너무 그리웠다가
보고 싶었다가
다시 그리웠다가
더 애틋하다가

볼 수 없음에
생각을 내려놓았다가
다시 생각을 했다가

아무리 애써도
잊혀지지 않는 기억은
눈물 속에 잠겨

떠오르는 너는...
다정했던 너는....

시간이 지나도 멈추지 않는
내 그리움은

너의 마음 앞에서 문을 두드려

나의 기억의 서랍 속 공간

기억은 오래된 서랍 같다
조용히 열면 먼지가 풀풀 날리고
그 안엔 잊힌 듯 남아 있는
빛바랜 사진 한 장이 있다
언제쯤이었을까
노을이 길게 늘어지던 오후
누군가의 웃음이 바람에 섞여
귓가를 간지럽히던 순간이 있었다
그때 나는
세상이 참 따뜻하다고 믿었고
작은 것에도 마음이 흔들렸다
찻잔에 담긴 온기만으로도
하루가 충분했던 시절이었다
기억은 때론 고요한 강물처럼

아무 말 없이 흘러가고
어떤 날은 파도처럼 밀려와
가슴을·저릿하게 만든다
사라진 줄 알았던 목소리,
지워진 줄 알았던 이름도
어느 비 오는 날 창가에 앉으면
조용히 되살아난다
그리움은 기억의 또 다른 이름
지나간 시간은 다시 오지 않지만
그 안에 담긴 감정은
여전히 나를 울리고 웃게 만든다
나는 안다
기억이 아프고 서러운 이유는
그때의 내가, 지금보다
조금 더 솔직하고,
조금 더 사랑했기 때문이라는 걸
그래서 오늘도 문득
옛 노래 한 곡에 마음이 젖고
익숙한 골목길에 멈춰 서서
한참을 돌아보게 된다

기억은 잊지 않으려 애쓰는 것이 아니라
그저, 잊히지 않는 것이다
내 안에 조용히 머물며
나를 나로 만든 조각이 된다

그 기억만

지금의 그리움과 가슴 아픔은

시간이 지나면 사라질 거야

내가 그 사람을

정말 죽을 만큼 좋아했다고

그 기억만 남게 될 거야

기억, 추억

사람의 기억은 시간이 지나면
예쁜 포장지로 둘러싸여
추억으로 변한다

사실, 그 안에는
슬픔과 힘듦도 있지만
포장지에 가려져 흐릿해진다

그래서 사람들은
지난날을 그리워하며 살아가나 보다
예쁜 추억만을 간직한 채로

남아있을까?

가족들의 기억 속에 내가 과연 긍정적인 모습으로 남
아있을까?
계속 부딪쳐 서로 상처에 지쳤던 시간 속,
조금은 마음 편해지자고 이기적으로 떠넘겼던 행동
들이
가족의 영원한 기억 속으로 남지는 않았을까?

연인의 기억 속에 내가 과연 예쁜 모습으로 남아있을까?
미운 모습으로 툭툭 괜한 투정을 부렸던 시간 속,
조금은 더 아이처럼 굴고 싶은 마음에 안겼던 행동들이
연인의 영원한 기억 속으로 남지는 않았을까?

친구의 기억 속에 내가 과연 편한 모습으로 남아있을까?
친구라는 단어 속 더 아무렇지 않게 대했던 시간 속,

조금은 더 세심하게 챙겨주지 못해 넘어갔던 행동들이
친구의 영원한 기억 속으로 남지는 않았을까?

주변 사람들의 기억 속에 내가 과연 좋은 모습으로
남아있을까?
관계에 대한 스트레스가 쌓여 피하기만 했던 시간 속,
조금은 주변을 맴돌고 싶어 애써 떠돌았던 행동들이
주변 사람들의 영원한 기억 속으로 남지는 않았을까?

기억에 대해 생각할수록 더 깊고 깊은 후회로 빠져드
는 요즘,
나는 그들의 좋지 않은 기억의 한 조각일까.
어떠한 기억으로 남아있을까.
후회를 잡고 마주하며 더 많은 기억을 쌓을 수 있을까.

흘러가는 시간이 기억을 보듬어
조금은 당신들에게 미안하지 않은 모습으로 남기를,
앞으로 함께할 기억을 조금은 위안 삼아
조금은 당신들에게 더 나은 사람으로 남기를,
그렇게 남아있기를.

기억의 품

어릴 적부터 나를 무섭게 따라다니며
죽지도 살지도 못하게 함께했던 기억.

모든 것을 놓아버리고 도망을 가자니
지금까지 지난 기억과 힘겹게 싸우며 버텼던 시간이
아깝고

조금이나마 버텨보려고 시간을 바라보자니
지금까지 기억을 이겨내지 못한
현재의 내가 한없이 작아져 자신이 없어진다.

죽지도 살지도 못하게 나를 꽉 잡았던 기억은
결국, 이 순간까지 또 다른 기억을 만들게 했다.

기억을 잠시나마 붙잡고 울고 웃으며 탓을 했던 나는
과거의 시간 속 순간의 나를 마주하며
조금씩 익어가는 감정들을 계속 품고 있었다.

머지않은 미래의 내가 지금, 이 순간의 나를 마주하며
조금은 웃음을 지을 수 있기를.
혹은 위로를 받는 순간이 오기를.
미련이라도 남아 조금 더 버텨줄 수 있기를.

그렇게 새로운 오늘의 기억을 하나 품은 채
다시 기억과 싸우기 위해
내일을 맞이할 준비를 한다.

그렇게 조금은 더 넓어진 기억의 품으로 안기며
내일은 부디 좋은 기억만 남길 바란다.

기억을 놓다 보면

잠이 잘 오지 않니?
오늘이 너무 복잡했구나.

머릿속이 복잡하고 답답하니?
한숨도 제대로 쉬지 못해 힘들지.

지금의 기억들이 있기에 네가 있지만
왜인지 밉고 무서운 기억들이
지금의 너를 잡아먹는 것 같니?
괜히 더 무너지는 것 같고 서럽지.

오늘의 기억을 조금만 미뤄두고
이 순간만 바라보는 것은 어때?

다른 기억들이 계속해서 너를 괴롭힌다면
오직 숨소리에만 집중해 보는 건 어때?

기억을 놓고 천천히 숨을 쉬다 보면
조금은 기억에서 멀어진 나 자체를
발견할 수도 있을 거야.

기억을 놓다 보면 지금의 네가
바라는 것도 알 수 있고
기억을 놓다 보면 지금의 네가
마음에 품고 있는 무언가를 마주할 수도 있어.

기억을 놓다 보면
무엇을 사랑하는지,
어떻게 사랑하고 싶은지,
왜 사랑해야 하는지
다시 생각해 볼 수 있을 거야.

하지만 기억을 너무 밀어두진 말아줘.

다시 기억을 잡고 함께 살면서
기억을 이끌어갈 사람은 나 자신이니까.

기억 속으로

정든 친구들과의 추억이
돌담길 너머 흘러가고
각양각색 꽃들의 은은한 향기와
푸릇푸릇 나뭇잎들의 향긋한 냄새가
옛 기억 속으로 나를 이끌고 간다.

끊임없는 기억

기억이 난다.
기억이 왔다.
기억이 분다.

따스한 햇살이 비춰주니.
빛나는 달빛이 비춰주니.
스르륵 바람이 불어주니.

기억이 새록새록 떠오르나 보다.
기억이 고이고이 떠오르나 보다.
기억이 몽글몽글 떠오르나 보다.

온몸들이, 온 정신이
햇살과 달빛 비춤 위에서

나의 기억이 점점 퍼져간다.

끊임없는 기억도.
끊임없는 마음도.
끊임없는 얘기도.

그 시간

놀이터에 옹기종기 모여있는
동네 꼬마들
놀면서 소리 내어 웃다가 울고 있는
천진한 모습에
저럴 때가 나에게도 있었을까
기억을 되짚어 본다
얼굴에서 어느새 웃음꽃이 피어난다.
골목대장이었던 나
여기저기 다니며
사고 쳤던 나의 어린 시절 모습
그 시간에만 가질 수 있는 모습
지금은 그 시간이 소중하다.
나의 가슴에 간직하고 있는
추억의 그 시간

우리 모습은

비추어진 모습은
커피숍에 홀로 앉아
커피를 한 모금 마신다.
원두 향에 행복이 전해져 온다.
커피 한두 모금 마시며
지나가는 사람들의 모습을 보고 있다.
웃는 얼굴, 화난 얼굴, 찡그린 얼굴,
열심히 이야기하며 걷는 얼굴
여러 얼굴의 모습
우리의 일상 속 비치는 모습이겠지
평상시의 모습이 어떠했는지
얼굴에서 보이는 듯하다.
나의 습관과 모습은 어떠했는지
지나온 시간을 기억해 본다.
나의 모습은

너를 온전히 기억할 때

사람은 기억 속에서 점점 흐려진다고들 한다.
목소리도 표정도 함께 나눈 순간들도
시간이 지나면 희미해진다고.

그런데 나는 네가 흐려지기는커녕
더 선명해지는 순간들을 마주한다.

너를 온전히 기억할 때
나는 너를 잊은 적이 없음을 깨닫는다.
기억은 사라지는 것이 아니라
마음속에 더 깊이 스며드는 것임을 깨닫는다.

그러니 너를 기억하는 이 순간에도
나는 너를 사랑하고 있다.

기억해

기억해

봄날의 우리를

따스했던 계절을

향기에 잠식당한 나날을

내가 너를 기억하는 방법

내가 너를 기억하는 방법은 너를 쓰는 것이다.

따뜻한 봄에 너와 만나, 봄과 여름은 같이 보냈지만, 가을에 너는 떠났다. 하루하루 목소리가 잊히고, 네가 흐릿해질 때 나는 너를 기억하는 방법을 찾아내야 했다. 그래서 찾아낸 방법이 너를 쓰는 것이었다.

너의 모습을 쓰고, 나의 그리움을 쓰는 것. 이것이 내가 너를 기억하는 방법이다. 그래서 내 글엔 늘 그리움이 담겨있다. 떠난 너를 생각하며 쓰는 것이기 때문에.

꽤나 낭만적이라고 생각한다. 내가 직접 너를 그릴 수 있기에. 그러니 나는 평생 글을 놓지 못할 것 같다. 너를 평생 기억하고 싶기에.

기억의 바람

나의 바람은 언제나 하나였다.

내 곁을 지켜줄 누군가가 생기길.

언제나 그 하나는 내게 염원 같은 것이었고, 꿈 같은 것이었다. 여물지 않는 마음은 그런 누군가를 기다리며 상처받고 헐어갔다. 스스로 단단한 사람이 될 생각을 하지 못한 채 누군가가 나를 보듬어줄 것이라 믿으며 상대에게 의존하는 날들이었다.

어느 날, 문득. 바람처럼 기억이 스쳤다.

난 분명, 혼자서도 괜찮은 사람이었다. 언제부터 나의 바람은 다른 이를 통해 이룰 수 있는 것이었던가?

기억의 바람은 나를 깨우고 나를 일으켜 세웠다. 나는 괜찮았다. 혼자라도 괜찮았고, 둘이면 더 좋았고 아니어도 상관없었다. 그것을 깨닫는 순간 내 곁을 지켜줄 누군가는 바로 나 자신임을 알게 되었다. 다른 이에게 의존하는 순간, 모든 희로애락은 그를 통해 얻을 수밖에 없다는 사실 또한 깨닫게 됐다.

그래, 맞아.
나는 내 아픔과 슬픔을 타인을 통해 치유 받고자 했고, 나는 내 기쁨과 즐거움을 다른 이의 몫으로 남겨두었어.

그런 내 마음을 인정하고 받아들이자 나는 그제야 나를 위해 웃을 수 있었다.

누구에게나 떠오르는 기억

누구에게나 생각하고 싶은 기억
누구에게나 생각하기 싫은 기억이 있다

슬픈 기억, 기쁜 기억, 아팠던 기억 등
다양한 기억들이 존재하지

누구에게나 기억은 한가지씩은
존재하기 마련

망각의 사랑

5월의 오후, 짙푸른 언덕배기를 천천히 걸어 올라갔다
중력을 뒤집어 빠져 보고 싶은 새파란 하늘,
보조개를 살며시 조각하는 사람들의 웃음꽃,
그리고 그녀가, 차례로 시야에 들어온다

계수나무 아래 한 떨기 꽃이 만개했다
자기 조카를 안고 있는 갓 스물의 여인이
하-얀 선녀처럼 낯설다
바람에 꽃잎이 빙그르르 돌며
갓 태어난 존재에게 세상이 얼마나 아름다운지 가르
친다
그러면서 여인은 세상이 아름다웠다는 걸 인정하고
만다

그 모든 장면에 발걸음을 내디딜 때
미래를 보여주는 거울 속으로 들어가는 것 같았다
내 아이를 안고 있는 여자
초록 구름을 우리 아이와 뛰어노는 여자
낯설지만 분명 내 것으로 생각되는 순간들
어쩐지 아주 중요한 것을 잊고 살았던 기분이다

바람이 불면 흩날리는 봄의 조각들처럼
순간은 망각으로 사라지겠지만
다시금 꽃잎이 만개할 때
바람은 모든 걸 기억하고, 나는 처음부터 다시 사랑하
겠지
마치 지금처럼

누구였지?

서랍 맨 뒤,
먼지가 내려앉은 작은 상자.
그 안엔 나의 필름이 들어 있었다.
네모난 장면들 속에 웃는 나,
눈물 흘리는 나,
너를 바라보는 나.

처음엔 정갈했지.
시간순으로 딱딱 맞춰진 장면들,
조명도 좋았고, 배경음도 적당했어.
때론 힘들었지만,
그래서 더 빛나던 순간들.

그런데 어느 날,
지우고 싶었어.
울던 얼굴, 무너진 목소리,
너에게 등을 돌린 나.

가위를 들고 잘랐지.
툭, 툭.
장면은 사라지고, 이야기는 엉키고.
남은 필름은 순서도 없이,
소리도 없이 흐릿해졌다.

계속 감고, 또 감았어.
기억을 되감다, 다시 꼬고.
어디가 시작이고 어디가 끝인지 모를 정도로.

스크린은 점점 어두워지고,
상영은 멈췄어.

그리고 묻는다,
"이 필름 속, 난 누구였을까?"

추억이 자라는 곳

어느새 다가오는 그리운 향기
낡았지만, 익숙한 것.
가끔 꺼내 보게만 되는 것.

오랜만에 꺼내 보는 것.
나의 순수함이 보이는,
나의 그 물건.

잊을 때마다 보이는
나의 작은 인형.
눈이 하나 떨어져 나갔지만
왠지 그게 더 따뜻해.

그 인형을 품에 안고
밤마다 엄마 목소릴 듣던
그 조그만 방이 떠오르고,
말없이 등을 토닥여주던 손이 느껴져.

가끔 본다는 건
그때보다 커진 나를,
조금은 외로워진 나를
스스로 달래는 방법일까?

그 인형은 멈춰있지만,
내 안의 추억은
조용히 자라고 있었다.

이솝우화

옛이야기를 듣곤 했던 밤 너머로
어린 소년이 보였다

그 이야기 속에서 소년은
그저 굽이진 길을 걸었다

걸어야 하는 이유도 자기가 처해 있는 상황도
급작스레 조성된 자신의 위치도 알지 못한 채
그 이야기 속을 걸었다

그리곤 교훈을 얻었다
자신은 저 여우 같은 어리석은 자가 되지 않겠다고

욕심을 부려 코앞에 떨어진 위기조차 사과처럼 베어
먹는 사람이 되지 않기로

소년은 그저 책을 몰입하여 들었었다
자신의 방에서 어머니가 읽어주는 동화책을 자장가
로 삼으며

자국

애써 뒤를 돌아 지나온 길을 보자면
자욱한 안개에 뒤덮여서는
도무지 왔던 흔적이 보이질 않는다

길 위에는 어떤 이의 발자국인지
모양도 위치도 들쑥날쑥한 채로

또렷했던 자국들은 시간 틈새에 스며들어
어느새 지금의 나를 이루고
잔여 자국만이 희미하게 남겨졌다

눈앞의 길마저 안개 속에 묻힌다 해도
나는 망설임 없이 다음 발자국을 새겨본다

쿰쿰한 기억

무엇을 상상하든 상상 이상.
후회한들 이미 지난 이야기.
기억나지 않는 아득한 밤.
멀리 저 멀리 보낼 기억들.
몸은 기억하는 쿰쿰한 손길.
쌉싸름한 독주 한 잔의 마법.

당신은 무엇을 기억하고 있습니까

그날의 기억들을 떠올려 봅니다.

아직 바래지 않은 기억들..

회색빛이 도는 구멍 뚫린 기억들을 떠올립니다.

좋았다고 하기엔 아직 아프고,

아프다고 하기엔 아직 설레고,

잊었다고 하기엔 너무 생생하고,

생생하다고 하기엔 어렴풋합니다.

무슨 감정인지 모를 것들이 자리 잡고 있습니다.

무슨 기억인지 모를 것들이 자리하고 있습니다.

떠오르는 건, 그 많던 세월 속에 단 한 장면..

웃고 있는 당신의 모습뿐입니다.

그마저도 희미해져 가는…기억.

살아도 사는 게 아니요,
자도 자는 게 아닙니다.
목구멍에 넣어도 삼키지 못할 그리움.

당신은 기억하고 있습니까?
당신은 무엇을 기억하고 있습니까?

기억

보고픈 굶주림을 몰랐다
보고 싶다는 생각 끝자락에서
미친 듯이 솟구치는 그리움의 우물물을
퍼내고 퍼내도 담아둘 곳 없는 날에는
끊어지는 애틋한 그리움에 배고파할 줄 몰랐었다

찾아간 적 없는 그리움의 낭떠러지에는
빈자리의 설움
상실의 쓰린 상처가
불쑥 얼굴을 내밀고 나를 바라보고 있었다

아무리 달려도 발길 닿지 않는 하늘 집
끝까지 붙잡지 못해 애끓은 마음이
지워지지 않는 또렷한 기억으로 맴돌아

생채기 가득한 세월 위에 둥둥 떠밀려온다

보고픈 굶주림도 사랑이리라
서러운 걸음 아래 깔린 애통의 눈물
흘려보낸 일상의 기억이 켜켜이 쌓여
오늘도 여전히 그리움까지 사랑하며 간다

기억의 길

끝난 길 같아도 다시 또 길이 있다
길이 끝나는 자리에서 꿈이 되는 사람이 있다

멈추지 않고 걸어가는 사람이 있다
끝없이 꿈꾸고 꿈을 살아내는 사람이 있다

드넓은 바다도 강으로 산으로 마을로 흐르다 멈추고
방주 떠난 새도 먹잇감을 찾으면 돌아오지 않는다

기억의 길을 더듬어간다
아쉽게 돌아선 갈림길에서
인연이 끝난 것 같아도 사랑을 남기고
사랑이 끝난 것 같아도 사람을 남긴다

기억의 길을 되돌아온다
사랑의 쉼표에서 사랑으로 남아 있는 한 사람이고 싶다
사람의 마침표에서 사랑 위에 사람을 남기는 한 사람
이고 싶다

Please Take me from Suffer by Death

아무것도 아닌 이유에도 죽고 싶었다

밤길에 두려워 혼자 노래를 틀고 뛰어야 함에 죽고
싶었고
엘리베이터를 제 층을 누르지 못하고 다른 층을 눌러
야 함에 죽고 싶었고
집 문을 전부 잠그고서야 겨우 거친 숨을 내쉴 수 있
었음에 죽고 싶었다

고통의 기억을 가진 장소에서 피할 수 없음에 죽고
싶었고
타인을 의심부터 해야 하는 내가 미워서 죽고 싶었다
꿈에서조차 겁을 내야 함에 죽고 싶었고
한 시간을 편히 자지도 못하게 하여 죽고 싶었다

이 모든 걸 말하면 내 탓이라 과민반응이라 말할까
두려워 밤마다 내 입을 틀어막고
두려움이 날 질식시키고 난 이미 죽어가고 있었다
그 기억 속에 갇힌 난 죽은 것보다 못하게 살았다

포레스트 웨일 공동 작가

소풍 끝에 남은 기억

초판 1쇄 인쇄 2025년 05월 14일
초판 1쇄 발행 2025년 05월 14일

지은이	꿈꾸는 쟁이 | 글그림 | 임만옥 | 강대진 | 경이(kyoungee)
	곽지원 | 명량소녀 | 김미영 | 류광현(광현) | 조현민 | chosungsik
	정예은 | 이예주 | 이겸 | 신지은 | 이상현 | 강민지 | 아루하 | 최이서
	안세진 | 김감귤 | 일랑일랑 | 옌니 | 뭐란겨 | 솔트(saltloop)
	이무늬 | 윤현정 | 사랑의 빛 | 새벽(Dawn) | 김채림(수풀) | 변서연
	우연 | 김종이 | 루시아(혜린) | 전갈마녀(조해원) | 윤슬인 | 백현기
	아낌 | 문병열 | 주변인 | lilylove | 황서현 | 한민진 | 윤서현 | 신윤호
	청석인 | Mayday

표지 그림	서묘호 @seomyoho
디자인	포레스트 웨일
펴낸이	포레스트 웨일
펴낸곳	포레스트 웨일
출판등록	제2021-000014 호
주소	충청남도 아산시 탕정면 용머리길 40 유니콘101 216호
전자우편	forestwhalepublish@naver.com

종이책	979-11-94741-17-6
전자책	979-11-94741-16-9

작가님들과 함께 성장하는 출판사
포레스트 웨일입니다.
작가님들의 소중한 원고를 받고 있습니다.
forestwhalepublish@naver.com